The Painted Veil

[英] 毛姆 著

宋瑛堂 译

青岛出版社
QINGDAO PUBLISHING HOUSE

图书在版编目（CIP）数据

面纱 / （英）毛姆著 ；宋瑛堂译. --青岛：青岛出版社，2018.11

ISBN 978-7-5552-6652-5

Ⅰ. ①面… Ⅱ. ①毛… ②宋… Ⅲ. ①长篇小说－英国－现代 Ⅳ. ①I561.45

中国版本图书馆CIP数据核字(2018)第092097号

简体中文版权通过凯琳国际文化版权代理引进（www.ca-link.com）
山东省版权局著作权合同登记号图字：15-2018-19

书　　名　面　纱
著　　者　（英）毛姆
译　　者　宋瑛堂
出版发行　青岛出版社
社　　址　青岛市海尔路182号（266061）
本社网址　http://www.qdpub.com
邮购电话　010-85787680-8015　13335059110
　　　　　0532-85814750（传真）　0532-68068026
责任编辑　郭林祥
责任校对　孙红萍
特约编辑　崔　悦
装帧设计　白砚川
照　　排　梁　霞
印　　刷　三河市金元印装有限公司
出版日期　2018年11月第1版　2026年03月第3次印刷
开　　本　32开（880mm×1230mm）
印　　张　8
字　　数　150千
书　　号　ISBN 978-7-5552-6652-5
定　　价　39.80元

编校印装质量、盗版监督服务电话　4006532017　0532-68068638

建议陈列类别：畅销・小说

CONTENTS 目录

目录 CONTENTS

CONTENTS 目录

目录 CONTENTS

毛姆自序

本故事的灵感取自以下但丁诗句：

Deh, quando tu sarai tornato al mondo,

E riposato de la lunga via,

Seguit ò il terzo spirito al secondo,

Ricorditi di me, che son la Pia:

Siena mi f é ; disfecemi Maremma:

Salsi colui, che, innanellata pria

Disposando m’avea con la sua gemma.

“当你远道回归，涤尽旅劳，第三灵随第二灵之后，尚祈谨记吾人琵雅。西埃纳造我，马雷玛毁我：以婚约婚戒绑束我之人知晓。”

我在圣托马斯医院学习期间，适逢复活节假期，有六星期供我善用。我把衣服塞进格拉斯东行李包，带着二十英镑出发。当年我二十岁。我游览热那亚和比萨，然后来到翡冷翠[1]，在劳拉街租公

---

1 佛罗伦萨。

寓，窗外可见大教堂雄伟的圆顶。我的房东是育有一女的寡妇，供应伙食，日租四里拉（经我再三讨价还价）。对她来说，这价码恐怕不甚划算，因为我食量大，能毫不费吹灰之力吞噬一座通心粉山。她在托斯坎尼丘陵有一座葡萄园，就我记忆所及，她从那里酿的奇扬地是我在意大利喝过最棒的一种。房东女儿娥希莉亚每天为我上意大利文课。对我来说，当时的她显得成熟，但我现在认为，当年她至多二十六岁。她吃过苦头。她的未婚夫是军官，在衣索比亚[1]殉职，因此她注定守身圣洁。据了解，一旦母亲过世，她将献身宗教（未蒙亲爱的天主召唤之前，活泼丰满的灰发女房东才不肯提早走）。但娥希莉亚欢欣期待那一天到来。她热爱尽情欢笑。午餐和晚餐的气氛非常融洽，但她上课态度认真，如果我笨，如果我不专心，她会拿黑尺敲我的指关节。对于被当成小孩对待，我应该愤慨才对，幸好我在书中读过老式教学法，挨打反而逗得我哈哈笑。

我的日子过得辛劳，每日早晨翻译几页易卜生的剧本，效法大师级的笔法与挥洒自如的风范，以利我撰写对话。翻译完，一本罗斯金在手，我检视翡冷翠景点。我依循指示，仰慕着乔托钟塔、吉伯第设计的青铜门。在乌菲兹美术馆，我对波提切利的作品充满热情，至于大师不认同的作品，太年少的我也不屑一顾。午餐后，我上意大利文课，然后再出门。我参观教堂、沿亚诺河畔漫步、做白日梦。吃完晚餐后我外出探险，但我年少清纯，或碍于腼腆本性，回住处时总和出门时同样纯洁。房东虽给我钥匙，但每每听我进门后锁门，总如释重负叹息一声，因为她老担心我忘记上锁。我继续研究教皇派和皇帝派的斗争史。浪漫时期作家的作息绝非如此，我

---

1 埃塞俄比亚。

哀怨着。只不过我怀疑，当时文人可曾只带二十英镑在意大利待六星期。我非常喜爱不沾酒的勤劳生活。

我已读过《神曲》中的《地狱篇》（以英译本相佐，但也用功查生字），因此房东女儿上课时从《炼狱篇》开始教。读到我开头引述的那一段时，她告诉我，琵雅是西埃纳贵妇，夫婿怀疑她红杏出墙，想杀害她，但唯恐娘家发现，所以带她去马雷玛区的家族城堡。当地弥漫瘴气，他相信能毒死出轨妻。但她久久不死，他沉不住气，索性把她推出窗外。我这本但丁的注解不够详尽，娥希莉亚从何处得知杀妻故事，我不清楚，但这故事不知为何触发我遐想，在我脑海里流转，多年来不时冒出来，引我沉吟两三天。以前我常复诵这一句给自己听："西埃纳造我，马雷玛毁我。"可惜我遐想的题材太多了，久而久之便忘了这故事。我当然想从现代角度诠释它，却苦思不出这档子事能发生在当今哪一国才不显牵强。而后我远游中国，总算找到合适的场景。

写长篇小说时，我习惯构思的起点是角色，本书大概是以故事为起点的唯一一本。角色和情节的相互关系实难解释。试想某一角色时，总不能想象他出现在虚无缥缈的时空中；一想到他，他一定置身某一情境，一定正在做某事，角色和他最主要的言行似乎同步衍生自想象力。但以本书而言，角色是在我渐次推演情节的过程中选用，而角色的骨架来自我早在不同情境里认识的真实人物。

为了本书，我也遇到作者常有的一些难题。男女主角原本姓雷恩，算是很常见的姓，不巧的是，香港正好有人姓雷恩，那人见故事连载在杂志上，一状告进法庭，杂志社负责人只好以两百五十英镑和解了事，而我也让角色改姓费恩。后来，小官助理辅政司自以为遭毁谤，也扬言提告，令我大感意外。因为在英国，将首相搬上舞台，或写进小说，或杜撰坎特伯里大主教、大法官等角色，这一类高官都懒得理。明明官位微不足道，位子又坐不久，这种人居然会自行对号入座，实在令我觉得奇怪，但为了息事宁人，我还是将“香港”改成虚构的“青烟”[1]。兴讼时，本书已发行，出版社只得召回。有几位书评人脑筋较精明，托词不愿退还样书，因此有大约六十本流传市面，洛阳纸贵，被收藏家高价取得。

“世人唤为‘人生’之粉彩面纱[2]。”

---

1 作者注：青烟现已改回香港。

2 摘自英国诗人雪莱的十四行诗《勿掀粉彩面纱》（Lift Not the Painted Veil）。

Chapter 01

她惊叫一声。

“怎么了？”他问。

百叶窗紧闭，房内幽暗，但他看得见她表情倏然惊骇异常。

“刚才有人想开门。”

“大概……是阿嬷吧，不然就是小弟。”

“下人从不挑这时候来。他们知道我习惯午餐后睡一觉。”

“不然还有谁？”

“沃特。”她沉声说，嘴唇颤抖着。

她指向他的鞋子。他想穿鞋，但受她的忧虑之情感染，紧张得笨手笨脚，况且这房间狭隘。她沉不住气，轻叹一声，拿鞋拔给他。她套上晨袍，赤足走向梳妆台。发型扁塌了，她拿起梳子，在他绑好第二只鞋子前梳整回原状。她递他的外套给他。

“我该怎么出去？”

“最好稍等一会儿。我先去外面瞧瞧，看情况再说。”

“不可能是沃特啦。他五点才会离开实验室。”

“不然是谁？”

两人的音量现在降至低语。她在发抖。他想到，遇上紧急状况时，她必定会惊慌失措，他突然对她生闷气。既然不安全，干吗骗他这里很安全？她呼吸平顺下来了，一手放在他手的臂上。他顺着她的视线望去，两人面对窗户站着，窗外是游廊。百叶窗合住，而且锁着。他们见到球形的白瓷握把缓缓扭转。刚才他们并未听见游廊传来脚步声，此时却见握把无声转动着，不禁心惊。静候片刻，仍无声响。接着，在灵异恐怖氛围中，另一扇窗的白瓷握把也动起来，转法同样鬼祟，同样静悄悄、吓人，吉娣再也把持不住，张嘴想惊叫，幸好他反应快，赶紧伸手捂她的嘴，掩住叫声。

寂静无声。她倚着他，膝盖发着抖，他担心她会晕倒。他皱眉，牙关紧绷，抱她上床坐着。她脸色白如床单，而他被晒成古铜色的脸颊也变得苍白。他站在她身旁，面对白瓷握把看得入神。两人不语，然后，他发现她哭了。

“看在上帝分上，别哭嘛，”他低声说，语带烦躁，“这种事，碰到了就碰到了，我们只能硬着头皮面对。”

她寻找手绢，他明白她的心意，把她的包包递过去。

“你的遮阳帽放在哪里？”

“我留在楼下。”

“我的天哪！”

“唉，你镇定一下，行不行？刚才十之八九不是沃特。他没理由在这时候回家嘛。他从来不在中午回家，对吧？”

“从来没有。”

“我敢跟你打赌，一定是阿嬷。”

她对他若有似无地微笑。他的嗓音雄浑，抚慰她的心，她握住他的手，热情地按一按。他让她稳定情绪片刻。

“一直待在这里总不是办法，”他说，“你想不想去游廊看个究竟？”

“我可能站不住。”

“你这里有没有白兰地？”

她摇摇头。一抹阴霾笼罩他的额头片刻，他越来越不耐烦，拿不出对策。忽然，她更加紧握他的手。

“他该不会守在外面吧？”

他强挤笑容，语气保持温柔而具说服力。这种语调有什么效用，他完全明了。

“不太可能吧。胆子大一点嘛，吉娣。怎么可能是你丈夫呢？假如他回家了，在玄关看见一顶陌生的遮阳帽，上楼发现你的房间反锁，肯定会嚷嚷才对。刚才一定是用人啦。只有中国人会那样扭转握把。”

她现在比较镇定了。

“即使是阿嬷，我心里也不太舒坦。”

“她不是不能收买。有必要的话，我可以耍耍官腔，让她怕得讨饶。身为政府官员的好处不多，不用白不用。”

他说得有道理。她起身，转向他，伸出双臂，他张臂搂抱她，亲吻芳唇，激起的欢畅之剧烈直如痛苦。她心爱着他。他松手，她走向窗前，抽掉闩锁，打开百叶窗一小道缝向外望，不见人影。她悄悄踏进游廊，望进丈夫的更衣室，接着往自己的起居室里瞧，两间皆无人影。她回卧房，向他招手。

“没人。”

“我相信这整件事全是错觉在作怪。”

“别笑。我刚刚被吓坏了。快进我的起居室坐一坐，等我穿好鞋袜。”

Chapter 02

他照她的意思去做。五分钟后，她也进起居室。他正在抽烟。

“我想来一杯白兰地苏打，方便吗？”

“好，我摇铃。”

“照这情况看，我不觉得你会遭殃。”

两人默默等小弟来。她对小弟下令。

“打电话去实验室，问沃特在不在，”她对情夫说，“他们认不出你的嗓音。”

他拿起听筒，请接线员拨号。他问沃特先生在不在。他放下听筒。

“午餐后他就出去了，”他告诉吉娣，“问小弟看看他有没有回家。”

“我不敢。丈夫回家了，我却没看到他，感觉很奇怪。”

小弟端两杯饮料过来，查理·陶恩森端了一杯喝，小弟也端给她喝，但她摇头。

“如果刚才是沃特怎么办？”她问。

“说不定他不在乎。”

“沃特？”

她的语气是难以置信。

“我对他的印象一直是，他个性相当害羞。有些男人受不了大吵大闹的场面，你晓得吧？他眼睛够亮，知道丑事闹开了，对他没好处。我根本不信刚才是沃特，不过，就算是他，我认为他不会做出反应。我想他会当作没这回事。”

她沉思片刻。

“他爱我爱得好深呢。”

“那最好。你可以挽回他。”

他的迷人微笑总令她难以抗拒，这一笑从湛蓝的眼珠起始，缓步延展至匀称的唇。他的牙齿白而小，齿列端正。他这一笑勾魂力强劲，融化了芳心。

“我不是很在乎，”她说，欣喜乍现，“冒这险是值得的。”

“都怪我不好。”

“你为什么来呢？看到你，我好惊喜。”

“我忍不住嘛。”

“你好贴心。”

吉娣微微倚向他，亮丽的黑眼珠热切凝望他的双眼，嘴耐不住情欲而微张，他拥她入怀。她欢叹一声，忘情于双人避风港。

“我可以当你的靠山，你知道吧？”他说。

“和你在一起好快乐。但愿我也能让你一样快乐。”

“你现在不怕了？”

“我恨沃特。”她回应。

他不太知道该如何搭腔，只好以吻代答。两脸相贴，她的脸显得软乎乎的。

但他握住她的手腕，提起她戴着的小金表看时间。

“你知道我现在该怎么办吗？”

"逃之夭夭？"她浅笑。

他点头。她更用力地抱了他一会儿，但察觉他想走，于是松手放人。

"你如此玩忽职守，太可耻了。赶快走吧。"

他绝无法抑遏打情骂俏的诱惑。

"你好像巴不得赶我走。"他轻轻说。

"我讨厌让你走，你又不是不知道。"

吉娣回应的口吻低沉而严肃，受宠若惊的他呵呵一笑。

"刚才的神秘客，我敢说一定是阿嬷，美美的你就别烦恼了。如果真出了问题，我保证救你。"

"你这方面的经验很丰富喽？"

他的微笑开心而自满。

"哪有？不过，让我自鸣得意的是我头脑够冷静。"

Chapter 03

吉娣出房门，进游廊，望着他离开她家，见他挥挥手。看着他，一股淡淡的亢奋在她心中油然而生。他虽然四十一岁了，身段依然柔软灵活，步伐轻盈似小童。

烈日照不到游廊，懒洋洋的她徘徊着，情欲获得满足的心无所牵挂。费恩家位于跑马地的山腰，因为他们住不起较高档的太平山，山顶太贵了。蓝海和港口里繁忙的舟船入眼帘，但心有旁骛的她几乎视而不见，一心只容得下情郎。

像今天这样午后偷情固然不智，但当他需索时，她又能如何谨慎行事？有两三次午餐后，天气燠热，无人愿外出走动，查理前来幽会，来去连小弟都没见到。在香港，日子非常难过，她讨厌这座华人都市。他们习惯约在域多利道附近的房子见面，每次她都紧张兮兮。房子小而脏，屋主是古董商，里面有几个坐着没事做的华人，色眼盯着她直看。有个老头子以笑脸奉承，带她进店内，令她反感。老人带她踏上昏暗的楼梯，进入邋遢的房间，靠墙摆的那张大木床令她不禁打寒战。

“这地方龌龊透顶了，你不觉得吗？”第一次在此幽会时，她对查理说。

“本来是。但你一进门，气氛就变了。”他回答。

当他拥她入怀时，她当然把周遭事物忘得一干二净。

她不自由，两人都不自由，唉，多讨厌啊！吉娣不喜欢他的妻子，她的心思飘浮到桃乐蒂·陶恩森身上。天天被人喊桃乐蒂，太不幸了吧？一听就像老太婆。她少说也有三十八岁了。但查理绝口不提妻子。他当然认为这老婆可有可无，她让他无聊到气绝，但他是绅士。吉娣心怀温情讽刺笑着想：这是老傻蛋的标准作风，就算是偷腥，他也绝不纵容自己以言语贬损发妻。桃乐蒂身材偏高，比吉娣高，不胖不瘦，淡褐色头发茂盛，值得一看的大概只有青春美，老了就一无可取了。她的五官还算端正，没有特殊之处，蓝眼珠冰冷。她的肌肤不会引人瞧第二眼，脸颊惨淡无色。至于她的穿着——不就穿得像香港助理辅政司之妻嘛。想到这里，吉娣微笑着，轻轻耸肩。

桃乐蒂·陶恩森的嗓音的确悦耳，这当然无人能否认。查理总称赞她是个称职的母亲，是吉娣母亲口中所谓的名媛。但吉娣不喜欢她，不喜欢她那种随和的态度。客人登门喝茶或晚餐时，桃乐蒂待客毕恭毕敬，令人气丧，因为客人忍不住意识到她对客人兴致缺缺。吉娣猜，她除了自己的儿子外，其实一概懒得理。她有两个儿子在英国，老幺六岁，她准备明年送他回英国住。她的脸像面具，挂着笑容，以和气而礼貌的态度说着她应说的话。但她表现得诚意再高，心中也和对方保持距离。她在香港有几位知心朋友，大家都极为欣赏她。吉娣怀疑，陶恩森夫人该不会嫌她太平凡了吧？吉娣脸红起来。再怎么说，桃乐蒂没理由装腔作势。没错，桃乐蒂的父亲曾任殖民地总督，在位时当然很神气，所到之处无人不起立，乘车路过时，男士也脱帽致敬。话说回来，有什么地位比退休殖民地总督更卑微？桃乐蒂的父亲住在伦敦伯爵府区的一栋小房子里，靠退休金度日。吉娣的母亲如果认识桃乐蒂，一定嫌她太无趣，不会想邀请她来坐坐。吉娣的父亲博纳·葛斯廷是皇家大律师，晋升法官应该是指日可待。吉娣家在南肯辛顿。

Chapter 04

吉娣婚后随夫婿前来香港，发现自己的社会地位受制于丈夫的职业，难以接受。当然，大家以十足的善意对待她，抵港两三个月，夫妻俩几乎夜夜赴宴。去总督府晚餐时，总督欢迎这位新娘莅临。但她不久后便明了，身为政府单位病菌专家之妻的她无足轻重。她越想越生气。

“太荒谬了，”她告诉丈夫，“这些人假如在英国，谁想理他们？我母亲做梦也不会请这些人进我们家吃饭。”

“千万别让这事惹你心烦，”丈夫回应，“这事真的不重要。”

“当然不重要，这只显示他们多蠢，不过，想想也觉得好笑，因为在英国，进我们家的名流多的是，而在这里，我们却被当作粪土看待。”

“从社交的观点来看，研究科学的人其实不存在。”丈夫微笑说。

她如今明白了，但她婚前懵懂。

“被大英铁行轮船公司的职员带去晚宴，我也高兴不起来吧？”她说，接着笑起来，以免被人误以为她势利眼。

妻子以轻佻的态度暗损，也许被他看穿了——他牵起她的小手，羞怯地捏着。

“太对不起你了，亲爱的吉娣，你可别为了这事恼火。”

“哦，我才不会呢。”

Chapter 05

下午的神秘客不可能是沃特，一定是下人。下人又不会碍事。反正华佣凡事摸透透了，幸好他们不会泄密。

回想白瓷握把，她记得握把慢慢转动的情景，心不禁怦然一跳。以后不能再冒那种险了，幽会最好还是去那家古董店。见她进古董店的人不会胡思乱想，两人在里面幽会绝对安全。老板知道查理的身份，不会傻到和助理辅政司作对。只要查理爱她，天塌下来也不打紧。

她转身离开游廊，回起居室，一屁股坐在沙发上，伸手取香烟，瞥见一封便笺放在一本书上。她打开来看，便笺以铅笔写着：

亲爱的吉娣：

这是你要的书。我本来想寄给你，碰巧遇见费恩医师，他说他会路过自己家，可以顺路带给你。

V.H.

她摇铃找小弟过来，问这本书是何时何人带来的。

“是老爷带来的，夫人，午餐以后。”他回答。

这么说来，神秘客是沃特没错。她立刻去电辅政司办公室，将此事转告查理，查理愣了一下才应声。

“我该怎么办？”她问。

“我正在讨论一件要事，恕我现在无法详谈，只能建议你静观其变。”

她放下听筒。她明白查理身旁有人，而她对他的公事感到不耐烦。

她再度坐下，这次改坐书桌前，双手托腮，动脑化解困境。沃特当然有可能以为她刚才在睡午觉：她没理由不反锁。她尽量回想两人有无交谈。即使有，音量也必定压低。此外，遮阳帽也成问题。查理竟把帽子留在楼下，气死人了。不过，帽子脱下来搁着，这是人之常情，责怪他也没用，何况也没有迹象显示帽子被沃特注意到了。沃特可能来去匆匆，留下书和便笺，赶着去赴公务约。怪事是，沃特竟试着开门，一发现打不开，再试两扇窗户。如果他真的认为她在午睡，怎可能打算干扰她？她实在是傻透了！

她稍微振作一下，心中再次滋生每想起查理必有的苦甜参半滋味。冒险是值得的。查理说他愿为她撑腰，况且，如果东窗事发，那……如果沃特想闹，就让他大闹一场吧。只要她拥有查理，其他一概不在乎。或许，最好是让沃特知道。她的心里从来没有沃特，既然爱的人是查理·陶恩森，屈从于丈夫的爱抚时，她总觉得厌烦无聊。她想和沃特隔绝。她想不出沃特能拿出什么证据，他如果指控，她会矢口否认，一旦面临再也无法抵赖之际，哼，她会索性当沃特的面抖出真相，悉听尊便。

Chapter 06

结婚不到三个月，她便自知嫁错人了。但母亲的错多于她的错。

起居室里有一张母亲的相片，吉娣烦躁地望一眼。她不是十分喜欢母亲，不知为何摆这张相片，另外也有一张父亲的相片，但摆在楼下的大钢琴上，是父亲就职大律师时的留影，头戴假发，身披律师袍。他再怎么打扮也显不出架势，他的外形矮小干瘪，眼神疲倦，上唇过长，扁嘴。摄影师语带谐谑叫他面露和善，反而使得他的表情更严苛。平时，他嘴角下垂，眼神落寞，给人一种罹患轻度忧郁症的印象，但这张相片使他显得刻薄，反而让葛斯廷夫人认为他一脸贤明，所以她从试洗的样张里选出这一张摆饰。至于她自己的独照，一袭豪华丝绒长礼服是她参加丈夫就职典礼时的穿着，裙尾拖得很长，以展现优势，头上有羽饰，一手捧花，站得笔直。五十岁的她纤瘦平胸，颊骨突出，鼻子大，线条雅致。她的黑发非常柔亮浓密，吉娣总怀疑她就算没有染，起码也修饰过。母亲的黑眼精明，永远转个不停，是大家最容易注意到的特征，因为当她和人交谈时，无皱纹的黄脸冷漠，眼珠转动不休，常令对方困窘。她的目光在对方身上各部位游走，转移至室内其他人，然后转回眼前人，让对方觉得受她批判、遭她品头论足，心里不是滋味，而她同时也纵览周遭动静，嘴巴吐出的字可以无关脑中思想。

Chapter 07

葛斯廷夫人是个硬心肠、残酷、城府深、野心大、锱铢必较的笨女人。她生长在利物浦，父亲是律师，家里有五个小孩。伯纳·葛斯廷服务于北方巡回律师团时结识她。年轻的他似乎行情看涨，她父亲认为这青年前途无量。奈何他的进展不多。他肯吃苦，够勤劳，能力也强，可惜缺乏上进的斗志。葛斯廷夫人鄙视丈夫。但她憋着怨气，深明唯有靠丈夫功成名就她才能沾光，于是她鞭策丈夫往她期望的方向进军。她唠叨他，毫不留情。她发现，如果他不肯做厚脸皮的事，她只需絮叨不休，他终究会累得举白旗，依她的意思去做。在她个人方面，她致力于灌溉未来用得着的人情。她巴结愿意把诉讼案件转给丈夫的律师，和他们的妻子交好，对法官伉俪阿谀逢迎，对后势看好的政治人物更重视。

二十五年之间，葛斯廷夫人从未只因欣赏某人而宴请他们。她经常在家中设盛宴，然而她的吝啬和野心一样强。她讨厌花钱，自鸣得意地认为，别人办得出的场面，她半价就办得到。她的晚宴一办就是几小时，花样众多，但以省钱为前提。她不相信客人边吃边谈的时候能分辨眼前的黄汤是什么酒。她以餐巾裹住摩泽尔气泡酒，以为客人会误认是香槟。

伯纳·葛斯廷的业务量尚可，但规模并不大，早已被后进超前。葛斯廷夫人逼他进军国会。竞选经费由党支付，但在这方面，吝啬又和野心抵触，她舍不得花钱讨好选民。候选人该捐的善款难以计数，伯纳·葛斯廷也捐了，但数字总比理想差了一点。最后，他败选了。假如当选了，葛斯廷夫人当然乐意当议员之妻，败选固然令她失望，但击不倒她。拜丈夫参选之赐，她认识了几位名人，为她的社交地位增添不少分量，她甚为感激。她心知，丈夫即使当选下院议员，也绝对成不了气候。她逼他参选的本意在于取得党的感激心，而代党争取两三个胜算不大的席位，绝对能获得党的感激。

然而，他的资历仍浅，很多比他年轻的同业已披上大律师袍，他理应跟进，不只是因为不这样做，他晋升法官的概率微乎其微，也是看在她的分上。出席晚宴发现在座的其他夫人比她小十岁，她惶恐不已。但在争取大律师席位一事上，丈夫一反多年来的作风，顽强抗拒她的心意。他担心，身为皇家大律师，他恐怕接不到案子。他告诉妻子，双鸟在林不如一鸟在手，反遭妻子调侃道：心智困乏者的最后手段是以俗话搪塞。他向她暗示日后的收入可能减半，心知这论点对她的效用最大。她听不进去，骂他优柔寡断，对他唠叨，最后他一如往常投降。他申请皇家大律师一职，立刻获准。

他的忧虑成真。身为首席律师的他无所斩获，手中的诉讼案也稀疏。然而，即使他失望，失意之情也往肚里吞；即使责怪妻子，他也只在内心嘀咕。本性木讷的他，也许变得更沉默一点，但他在家本来就不多话，因此家人没注意到他的转变。两个女儿只把他视为摇钱树。为了提供她们的膳宿、置装费、度假、零用钱，他过着犬马般的日子，家人总认为是理所当然。如今，收入减少，家人迁怒于他，原本就冷漠的态度现在更多了一分气急败坏的轻蔑。她们从不曾自问：矮老子大清早上班，晚上回家急着换衣服吃晚餐，他的心情如何？对她们而言，他是陌生人，但因为他是父亲，她们认为他理应爱女儿，珍惜女儿。

Chapter 08

然而，单独以勇气这一项特点而言，葛斯廷夫人值得嘉许。在亲友圈中——换言之是全世界——她不愿任何人识破她梦碎心冷的惊骇。收入减少，她努力维持生活水平。凭着精心撙节，她办的晚宴花销如昔，面对友人，也摆出她长年培养出的同一份爽朗喜悦。在闲聊方面，她功夫深厚，话匣子开合自如，闲聊可抵社交对话用，在她进出的圈子是一道利器。有她在场，永远不愁没有新话题可聊，遇到无话可讲的冷场面时，她也能适时以合宜的评论解围，因此在不太容易闲聊的宾客之间是个实用的暗桩。

如今，伯纳·葛斯廷跻身高等法院担任法官的概率渺茫，但他也许仍有希望当上郡法院法官，最低限度也能获任殖民地法官。目前，她满足于丈夫当上韦尔斯某城镇的法官。但是，她的希望全寄托在两个女儿身上，想把女儿嫁进好人家，冀望以此弥补她毕生的所有失望。大女儿是吉娣，小女儿是朵莉丝。朵莉丝鼻子太长，身材臃肿，缺乏出落成俏佳人的潜力，因此葛斯廷夫人对她的期望偏低，只盼她嫁给高收入的专业好青年。

大女儿吉娣却是个美人儿，从小就资质不俗。吉娣的眼珠大而黑，棕色鬈发水亮鲜活，略带红光，皓齿整齐，肌肤柔丽。她的五官绝对称不上优等，因为下巴太刚正，鼻子虽然不比妹妹长，却也显得太大。吉娣的美多数有赖青春来烘托，母亲知道这个女儿应趁含苞待放时赶紧嫁掉。吉娣在名媛舞会初登场就一鸣惊人：肌肤仍是她最傲人的优点，但一双明眸也不甘示弱，睫毛修长，目光炯亮如星却也柔似水，令人往内望一眼，心跳便暂停。她的愉悦态度迷人，具有取悦他人的心意。葛斯廷夫人倾尽所有母爱灌溉她，爱得苛刻、称职、工于心计。她憧憬着壮阔的美梦，指望女儿不但要嫁得好，更要嫁得光芒万丈。

吉娣从小就自知长大会成美女，对母亲的野望也心中有数。母亲的心意和她的志向一致。既然有女初长成，葛斯廷夫人用尽手段，争取获邀出席舞会，以便带吉娣多多认识合适的青年。吉娣风靡全场。她既风趣又娇艳，转眼间引来十几位拜倒石榴裙下的青年，可惜没有一个匹配。吉娣和所有人友好，风采迷人，也谨慎不对任何一人许诺终生。在位于南肯辛顿的家中，每逢周日下午，大客厅满是爱慕她的青年，但葛斯廷夫人观察后得知，吉娣懂得和他们保持距离，不劳母亲插手。母亲见状隐笑称许。和他们打情骂俏，吉娣得心应手，他们互相争风吃醋，也引得她暗笑。这些年轻人一个个向她求婚，每个都碰钉子。吉娣的婉拒圆滑而坚定。

名媛登场季结束了，完美的金龟婿没有现身。到了第二年，也同样落空。幸好她年轻，有本钱再等。葛斯廷夫人告诉朋友，女孩二十一岁之前就嫁掉未免太可惜了。然而，第三年过了，接着第四年。两三个求婚不成的男子再提婚事，可惜他们依然是穷光蛋。有一两个比她年轻的男子求婚；有一位退休的印度殖民官——二等勋爵士——也以五十三岁之龄提亲。吉娣仍常参加舞会，足迹遍及温布登、罗德板球场、皇家艾斯卡赛马会、亨利艺术节，玩得尽兴，只叹地位和收入都满意的对象不向她求婚。葛斯廷夫人渐渐着急起来。她注意到，吉娣开始吸引四十岁以上的男子。她提醒女儿，再拖一两年，姿色恐怕不再，更何况新登场的年轻女孩每年都有。在居家环境里，葛斯廷夫人言语直率，她以刻薄的语气警告女儿，再拖下去只会拖垮自己的行情。

吉娣耸耸肩。她自觉姿色如前，也许甚至更美，因为在这四年间，她学会穿着打扮，何况她的时间充裕得很。如果她想为了结婚就结婚，有十几个对象任她挑，各个都举双手愿意。白马王子迟早会出现嘛，不是吗？但葛斯廷夫人对情势的评断更加机敏：漂亮的女儿错失结婚良机了。她按捺心中怒火，把门坎降低一些，回头找她原本高傲瞧不起的专业阶级，想物色一个前途无量的年轻律师或生意人。

吉娣二十五岁，仍小姑独处。葛斯廷夫人气炸了，常毫不犹豫痛骂吉娣一顿。她问女儿，还想让父亲养她多久？为了帮女儿创造机会，他撒下不少血汗钱，女儿竟然浪掷青春。葛斯廷夫人从未想过，也许吓跑未来女婿的是她自己的强势作风：她太积极争取富商公子或贵族继承人上门，反而引人排斥。她把吉娣的失败归罪于愚蠢。接着，妹妹朵莉丝登场了。朵莉丝的鼻子依然太长，身材依然可叹，而且舞技不佳。然而登场第一年她就闪电订婚，未婚夫杰福瑞·丹尼森是独子，父亲是业绩兴隆的外科医生，大战期间荣获准男爵的头衔，能让杰福瑞继承。医学准男爵的封号不算太响亮，但贵族毕竟是贵族，谢天谢地——而且财富优渥。

吉娣心一慌，和沃特·费恩结婚了。

Chapter 09

她认识沃特一小阵子，从来不太注意到他的存在。她不清楚两人初相见的时地，直到订婚后，他才告诉她，是在友人带他去参加舞会时邂逅的。当时她绝对没注意到他，就算与他共舞，也只因为她个性和善，见任何人邀舞都欣然接受。认识后，她根本分不清他的身份，一两天后，在另一场舞会上，他过来攀谈，她表示，他出现在她参加的每场舞会上。

“你知道吗？我已经跟你跳舞至少十几次了，你一定得介绍自己的名字。”她最后习惯性笑着说。

他露出惊讶状。

“你是说，你不知道我的名字？我们透过朋友彼此介绍过了。”

“唉，口齿不清是常有的事嘛。如果你也浑然不知我的名字，我一点也不讶异。”

他微笑以对。他的脸色凝重，略显严肃，但笑容非常温柔。

“我当然知道你的名字。”他沉默片刻。“你难道不好奇？”他接着问。

“和多数女人一样好奇。”

“如果没听清楚我的名字，你可以打听看看啊！你难道没想过？”

她好气又好笑；她纳闷，这人有啥了不起，何以见得我对他有一丁点兴趣？但她爱讨人欣喜，于是以美人眼望着他，以森林树下的两汪水塘看着他，亮出灿烂的微笑，胸怀迷人的亲切。

“到底叫什么名字嘛？”

“沃特·费恩。”

这人不知来舞会做什么，舞技不佳，认识的人也似乎不多。她产生稍纵即逝的念头：他爱上她了。但她一耸肩，排除这想法：她认识有些女孩，常臭美以为她们遇见的每个男人都暗恋她们，她觉得这种女孩很荒谬。但她给了沃特·费恩稍微多一点青睐。他的言行和其他爱慕者截然不同。多数爱慕者坦白诉情意，想一亲芳泽——得逞的男士不在少数。但沃特·费恩从不对她表态，也几乎不谈他自己，惜言如金。她不在乎，因为她不愁没话好讲。每次她讲戏谑语，都逗得他呵呵笑，她也开心。然而，他一旦开口，讲的就不是蠢话。他明显生性羞赧。他似乎在东方工作，目前放假回英国。

周日下午，他出现在吉娣家，在场另有十几人，他坐了些许时间，有点不太自在，然后离去。母亲后来问吉娣他是谁。

“我哪知道。是你邀请他来的吗？”

“对，我在巴德里家认识他，他自称在几场舞会见过你。我说我们星期天都在家。”

“他姓费恩，好像在东方工作。”

“对，他是医生。他是不是爱上你了？”

“我发誓我不知道。”

“到这阶段了，人家有没有爱上你，你应该知道才对。”

“就算他爱我，我也不会嫁给他。”吉娣轻松地说。

葛斯廷夫人不回应。她的沉默满载着不悦。吉娣脸红了：她知道，现在母亲已不在乎女婿的身份地位，只想赶快嫁掉她省事。

Chapter 10

接下来这星期，她在三场舞会遇见沃特，他的羞涩稍减，沟通能力微增。他是医师，没错，但他不行医；他的专业是细菌学（吉娣仅略知这词的定义），工作地点在香港，秋天即将回去上班。他常提起中国见闻。别人对她讲话时，无论主题是什么，她都习于佯装听得兴趣盎然，但香港的生活听起来确实趣味横生，有俱乐部，有网球、赛马、马球、高尔夫。

“那里的人常跳舞吗？”

“哦，对，我想是的。”

她怀疑，他告诉她这些事，是否另有居心。他似乎喜欢接近她这阶级的人，但从碰手的力道、目光、言语来判断，他似乎只视她为萍水相逢的舞伴，别无妄想。到了下个星期日，沃特又来她家。那天下雨，她父亲打不成高尔夫球，进客厅正好遇见沃特，两人聊了很久。事后，她问父亲和他谈了什么。

“照他说，他被派去香港工作。我在律师团有个老朋友，目前在香港担任首席大法官。他似乎是个智力过人的青年。”

她知道，近几年来，父亲不得不讨好客人，先是为促成她的婚事，现在是为协助妹妹成亲。但一般而言，上门的这些年轻人总让

Chapter 11

后来，有天下午，她逛完哈洛德，散步回家，在布隆顿路上巧遇沃特·费恩。他驻足，主动和她交谈，然后随口问她愿不愿意陪他去公园散步。她不是很愿意回家，家里的气氛现在不太融洽。两人散着步，和以往一样，闲聊着无关痛痒的事，接着他问她，今年夏天想去哪里避暑。

“我们嘛，我们总躲去乡下。是这样的，我父亲忙了一整个开庭期，累坏了，我们会尽可能找个最安静的地方。”

吉娣此话言不由衷，因为她明白父亲接的案子不至于多到累，就算他累到想度假，家人也不会找他商量度假地点，更不会以方便他为重。所谓安静的地方只不过是租金便宜的房舍。

“那些椅子看起来相当诱人，你不觉得吗？”沃特忽然说。

循着他的视线，吉娣看见树下草地上有两张并立的绿椅。

“我们去坐吧。”她说。

然而，一坐下，他莫名其妙变得心事重重。怪人一个。她不管，自顾自地讲话，还算快活，同时纳闷他为何邀她逛公园。也许，他打算透露他在香港另有钟情对象——扁平足护士。突然，他转向吉娣，打断她的话，她才发现他根本没在听，也发现他面如死灰。

“我想对你说一件事。”

她匆匆望他一眼，见到的是充满痛苦焦虑的眼神。他的嗓音紧绷、低沉，不太稳定。在她来得及问对方为何如此激动之前，他又开口了。

“我想问你愿不愿意和我结婚。”

“你害我差点坐不住，跌到地上了。”她回应，错愕到只能茫然回望着他。

“我非常爱你，你看不出来吗？”

“你从来没有显露过。”

“我这人非常别扭笨拙，总觉得讲空话比较简单，吐真言比较难。”

她的心跳稍微加速。她常遇到求婚，但场面非喜乐即深情，而她总以同样方式回绝。从来没有人以这种方式求婚，既突然却又带有异样的悲剧色彩。

“你的心地真的好善良喔。”她说，语带怀疑。

“第一次看见你，我就爱上你了。我早就考虑求婚，但一直讲不出口。”

“你这样讲，措辞不是很恰当吧。”她嘿嘿笑着。

能有机会欢笑一下，她很高兴，因为在这清爽的大晴天，四周的空气似乎霎时冷飕飕，弥漫不祥的气氛。他臭脸皱眉。

“唉，你知道我的意思。我不想失望，但现在你快走了，而我秋天就得回香港。”

“我对你从来没有这方面的想法。”她无助地说。

他不再开口，忽然低头看草地。他是个大怪人，但现在他表态了，她莫名其妙觉得，她从来没遇过这种爱。她有点畏惧却也欣喜。他的被动隐然引人动容。

“总该给我时间考虑看看吧。”

他依然不语，没有动作。她不决定，他就不放人，是吗？荒谬。她应该找母亲商量才对。刚才开口时，她应该站起来，结果这么一等，以为他会搭腔，现在不知为什么，她竟觉得难以行动。她不看他，但能意识到他的外表。她不曾想象过自己会嫁给一个只比她高一点点的男人。靠近坐着时，看得出他的五官多端正，也看得到他的脸色多冰冷。忍不住意识到对方心怀豁出去的热情时，她感觉很奇怪。

“我不认识你，我完全不认识你。”她以颤音说。

他瞅她一眼，她觉得目光受他吸引。他的双眼散发一种她不曾在他眼里见过的柔情，但其中另有一种恳求的意味，好像刚挨一顿鞭子的狗，令她微愠。

“我认为我会随着熟悉而改进。”他说。

“你当然是个性害羞，对不对？”

这绝对是她遇过最怪异的求婚。即使现在，她也觉得两人的对话太突兀，完全不像这种场合会出现的言语。她一点也不爱沃特，她不明白自己刚才为何不一口回绝。

“我蠢得不得了，”他说，“我想告诉你，我对你的爱胜过一切，不过我觉得难以说出口。”

说也奇怪，这话离奇地感动了她。他当然不是真的冷冰冰，冷的是他的言行。在这一刻，她喜欢他了，比以前更喜欢。妹妹朵莉丝即将在十一月结婚，而沃特十一月也将回香港。如果她嫁给沃特，就能跟他一起走。担任妹妹伴娘的滋味必定不好受，她将庆幸能逃过这一关。到时候妹妹结了婚，她自己竟仍单身！大家都知道朵莉丝多年轻，这下子会让她显得更老，她会被束之高阁。对她来说，若和沃特结婚，这场婚事并不十分理想，但婚姻终究是婚姻，何况能避居中国，感觉比较舒服点。母亲的毒舌让她害怕。跟她同一年登场的女孩早就全嫁光了，跃升母亲者大有人在。她已厌倦去探望她们，对她们的婴儿夸赞连连。而沃特·费恩能为她开创新生活。她以微笑回报，心知这一笑的效果多大。

“如果我一时冲动说我愿意嫁给你，那你想什么时候娶我？”

他突然乐得倒抽一口气，白脸晕红起来。

“现在，马上，越快越好。然后我们一起去意大利度蜜月，八月和九月。”

这样能避免下乡避暑，不必住周租才五几尼的牧师公馆，不必陪爸妈。她的脑海里闪现《晨邮报》里的婚讯：因新郎即将回东方，婚礼宜速办。她对母亲了如指掌，保证母亲会大肆铺张。但起码现在，妹妹将暂时退居后台。等妹妹更盛大数倍的婚礼登场，她早已远走高飞。

她伸出一手。

“我想我非常喜欢你。你一定要给我时间习惯和你相处。”

“这么说，你愿意？”他插话。

“大概吧。”

Chapter 12

当时她对沃特所知甚浅，如今婚后将近两年，对他的认识也只比婚前多一点。起初，她被沃特的善意感动，为他的热情受宠若惊，感到意外。他极为体贴，非常注重新婚妻是否安康；她一稍微暗示，他就赶紧满足她的意愿。他时常送小礼给她。当她身体不适时，没有人能比沃特更善体人心。如果让沃特有机会为她做一件麻烦事，她反倒觉得是帮他一个忙。此外，他总是礼貌周到。每当她进门，沃特会赶紧起立；下车时，他会伸手相助；在街头偶遇，他会脱帽致意；出门时，他会殷勤地帮她开门；进她的卧房或起居室前，他必定敲门。他一反吉娣见过多数男人对待妻子的方式礼遇她，宛如把她视为同在乡间别墅做客的客人。这种做法讨人欢心，却稍嫌滑稽。假如他随便一点，吉娣会觉得和他相处比较自在。床笫间，两人的互动也未能让吉娣更贴近他。他在床上热情、激烈，也歇斯底里、多愁善感。

他的情绪丰富到令吉娣困窘。他的自制究竟是因为生性害羞，或来自长年的自我训练？她不知道是哪一个。每次他欲火消退后，抱着她，平常怕说傻话的他，平常唯恐露出荒谬面的他，居然在这时讲儿语，引她微微鄙夷。有一次，她笑说，讲这种呢喃软语是天下最可怕的事，结果深深触怒他，原本紧搂她的手臂变得瘫软，他沉默一小阵子，然后一言不发，缩手回自己房间。她无意伤他的心，一两天后对他说：

“你这个老傻蛋，你讲的蠢话再驴，我也不在意。”

他羞愧地笑笑。她不久发现，沃特不幸缺乏自我解放的能力。他担心别人对他的观感。大伙儿聚会时，全体高歌，独独沃特无法解冻加入，只坐着微笑，以表示他很高兴，觉得很有趣，但他笑得勉强，比较像嘲讽冷笑，令旁人忍不住心想，他把这群玩得开心的人当成傻瓜。打牌时，兴致高昂的吉娣得心应手，他却不肯上牌桌。前往香港途中，大家换上正式服装时，他坚持拒换。他显然视俗事为无聊事，大扫她的兴。

吉娣个性活泼，闲聊整天也不累，动不动就欢笑。他的木讷令她窘迫。她随口讲一句话，期望他搭腔，他却常常不应，令她气在心底。没错，有些话不需回应，但至少吭个声嘛，气氛会好一点。例如，下雨了，她说：“雨哗哗下着呢。”她预期他会说：“是啊。”但他维持缄默。有时候，她多想抓住这闷葫芦狂摇几下。

“我刚说，雨哗哗下着呢。”她重复。

“我听见了。”他响应，露出深情微笑。

这显示他无意冒犯她。他不吭声是因为无话可说。不过，吉娣笑笑认为，假如没话说就不开口，那么人类不久将丧失言语能力。

Chapter 13

当然，事实是他缺乏魅力。这才是他人缘不佳的主因。抵达香港未久，她就发现这现象。她对新婚丈夫的工作内涵一直懵懂，但就她所知，她猛然惊醒，研究细菌学的公务员并非高官。他似乎无心和她讨论工作方面的事。由于吉娣愿意对任何事装得有兴趣，起先她曾问过，却被他耍嘴皮四两拨千斤。

“全是既沉闷又专门的东西，”他有一次说，“而且薪水低到不合理。”

他非常内敛。关于他的祖宗、生辰、教育，以及认识她之前的生平，全数有劳她直问，他才肯吐露。说也奇怪，唯一能惹他心烦的东西就是疑问。生性好奇的吉娣如果对他连番发问，他回答的语气会越来越呛。她够理智，明白他不想答的原因并非他有所隐瞒，而是他天生就注重隐私。谈他自己的私事令他觉得无聊，让他害臊而局促不安。他不懂得开放之道。他喜爱阅读，但他读的书在吉娣看来，本本都枯燥。在他不忙着读科学论文时，他常翻阅以中国为主题的书籍或史书。他从不肯松懈。吉娣认为他缺乏放轻松的能力。他喜欢比赛，嗜好是网球和桥牌。

她纳闷沃特怎会爱上她。她觉得，这男人矜持、冰冷、内敛，天下找不到比她更不相配的女人。尽管如此，他爱她爱得痴狂，这一点毋庸置疑。世上再艰苦的事情，只要能博她一笑，他也愿意做。他完全受她的摆布。每当他对她显露外人不知的一面，她对他的鄙夷就多一分。许多她喜好的人与事，全被他以嘲讽、轻蔑的态度容忍，她怀疑这心态是否意在掩饰深层的弱点。她猜他的脑袋灵光，大家好像都如此认为，然而，只有少数几次他和两三个他欣赏的人同在、心情也好时，她才觉得他展现娱乐心。他不尽然是令她觉得无聊，而是让她觉得漠不关心。

Chapter 14

吉娣抵港几星期，在茶会见过陶恩森夫人几次后，才认识查理·陶恩森。那天，吉娣和丈夫获邀前往陶恩森府晚宴。吉娣屈居守势，陶恩森夫人尽管言行合度，吉娣却意识到她瞧不起自己。查理·陶恩森贵为助理辅政司，吉娣可不想也被他看扁。接待厅宽敞，摆设一如她在香港见过的所有大客厅，舒适又具居家风格。这场晚宴很盛大。吉娣夫妻是最晚到的客人。一进门，穿制服的华仆奉上鸡尾酒和橄榄，陶恩森夫人则以随和的态度迎接他们，看着名单配对，指示沃特带谁一起用餐。

吉娣见到一个英挺的大个子直冲他们而来。

“这位是外子。”

“能坐你身边是我的荣幸。”他说。

她立即感到自在，敌意瞬间释怀。虽然他眼带笑意，吉娣却瞧见他的目光有稍纵即逝的惊喜。她完全明了这意思，心情随之开朗，动不动就呵呵笑。

“看样子，这顿晚餐我甭想吃了，”他说，“而我知道桃乐蒂办的晚餐丰盛极了。”

“为什么不吃？”

“怎么没人告诉我呢？总该有人事先警告我才是。”

“警告什么？”

“一个字也不肯透露。我哪晓得今晚我会认识一位天仙？”

“你叫我怎么搭腔嘛？”

“不必。话由我来讲就好。我会反复讲个不停。”

吉娣不为所动，暗忖着，陶恩森夫人究竟对丈夫讲了她多少坏话。查理一定问过她。查理以含笑的眼神低头看她，忽然想起几星期前的往事。

妻子告诉他，她刚认识费恩医师的新娘，他问：“她是什么样的人？”

“她嘛，还算不错的一个小女人。有点演员的味道。”

“她演过戏？”

“才没有吧，我猜。她父亲是医生或律师之类的。我想我们改天可以请他们来吃个晚饭。”

“不急吧。”

在宴席就座后，查理告诉吉娣，沃特一到香港就认识他了。

“我们常打桥牌。他是全俱乐部顶尖的桥牌手，大家望尘莫及。”

回家路上，她转告沃特。

“这没什么吧，你知道。”

“他的牌技如何？”

“还不赖。拿到一手好牌时，他能打得非常好，不过一拿到烂牌，他就败得落花流水。”

“他的段数和你一样高吗？”

“我对我自己的牌技不抱妄想。我顶多称得上是二级里的高手。陶恩森自以为他是一级。其实不是。”

"你不喜欢他？"

"既没有喜欢，也没有不喜欢可言。我相信，他的办公能力不差，大家都称赞他有运动细胞。我对他不太感兴趣。"

沃特论事论人的中庸之道惹她心烦，这不是第一次了。她自问，表态时何必这么拘谨呢？难道不能在"喜欢"和"讨厌"之间选一边站？她非常喜欢查理·陶恩森，出乎她的意料。他可能是全香港最受欢迎的男人。据分析，辅政司退休在即，陶恩森是众望所归的继任人选。陶恩森会打网球、马球、高尔夫球，豢养赛马，随时乐意做人情，从不让官样文章碍到他，不摆官架子。听他人对陶恩森赞不绝口，吉娣原本在心中排斥他，认定他一定非常自负。结果是她当初蠢到极点了。能骂陶恩森的词库里，"自负"绝对沾不上边。

陶恩森府的晚宴令她心旷神怡。她和查理聊伦敦剧场，聊艾斯卡赛马会和考斯赛船会，畅谈她熟悉的所有事物，感觉真像两人曾在雷诺克斯花园区的某豪宅相识。餐后，男人们进大客厅，查理又走过来，坐在她身旁。虽然他讲的话没有一句逗趣，却能逗得她笑哈哈。一定是他讲话的态度使然——他的嗓音低沉雄浑，具有抚慰的作用，亲切烁亮的蓝眼珠神态愉悦，给对方一种极为舒适的感受。当然他不乏魅力。这才是他如此宜人的主因。

他身材高瘦，她猜至少超过一百八十公分，体态优美，健康情形显然非常好，全身找不到分毫肥油。他穿着得体，是全场服装最棒的男人，体格和衣服相称。她喜欢时髦的男人。她的视线流转至沃特，心想他真的应该试着穿得体面一点。她注意到陶恩森的袖口链和西装背心纽扣，她在卡地亚珠宝店见过同款的东西。陶恩森夫妇当然不乏家产。他的脸晒得黝黑，但烈日未能夺走脸颊上蓬勃的朝气。她喜欢他嘴上那一抹薄而鬈的小胡子，遮不住他丰满的红唇。他的黑发剪短，梳得非常油亮。然而，最棒的五官当然非那双眼睛莫属。他眉毛浓密，眼珠蓝得很，散发含笑的温柔光泽，能打动人心，让对方接受他性情里甜蜜的一面。那一双蓝眼珠的主人绝不可能伤害任何人。

她明白她也在他脑海里留下印记。就算他没对她甜言蜜语，他那对热情爱慕的眼睛也会泄密。他的随和态度令人愉悦。他毫不在意旁人的观感。在这种环境中，吉娣怡然自得。两人的对话以插科打诨为主，而他不时穿插一句恭维话讨好她，更令她倾心。告别时，两人握手，他暗暗加了一把手劲，她不可能会错意。

“希望我们能再见到两位。”他随口说，眼神却另有含义，她不可能漏看。

“香港是个很小的地方，不是吗？”她说。

Chapter 15

当时谁能料到，不到三个月，两人竟能进展到这地步。查理后来告诉她，初相识的那一晚，他就开始迷恋她。她是他有生以来见过最美的一个女人。他记得她当晚的穿着，那套衣服是她的结婚礼服，他说她看起来像一朵铃兰。在他倾诉之前，吉娣就知道他爱上她了，有点畏惧，所以和他保持距离。他个性莽撞，而且情势艰难。她怕他索吻，因为一想到被他拥入怀里，她就心跳如擂鼓。在这之前，她从未尝过爱的滋味。感觉多美好啊。如今，她懂得了爱是何物，突然同情起沃特对她的那份爱。她调皮逗弄他，发现他喜欢被逗弄。以前，她或许有点怕他，现在她多了几分自信。她戏弄他，起初他以迟缓的微笑接受，她觉得有趣，他则是惊喜参半。她心想，总有一天，他会蜕变为正常人。如今，她尝到激情的滋味，懂得把他的情意玩弄于股掌之间，宛如竖琴手拨弄琴弦。见他被耍得一头雾水，她笑了。

查理成为她的情夫后，她和沃特的关系渐渐显得荒诞无稽。她几乎无法正眼看沃特，眼里容不得如此严肃自制、笑不出口的人。她太快乐了，不想暗骂他。再怎么说，若非沃特之助，她绝不可能认识查理。在踏上不归路之前，她踌躇了一番时日，原因不在她不想臣服于查理的热情，她自己的欲火也同样旺，原因是碍于教养，碍于从小束缚她的礼俗，她裹足不前。事后（跨出最后一步纯属意外，因为两人直到良机在眼前蹦跳，才知机不可失），她赫然发现，违反礼教的她和谨守礼教的她并未判若两人。她原以为，出墙势必导致意想不到的心灵剧变，剧烈到她改头换面。有机会照镜子时，她竟见到昨天见过的同一个女子，于是感到困惑。

“你对我生不生气？”他问她。

“喜爱你都来不及了。”她低语。

“平白耗了那么多光阴，你不觉得你很傻吗？”

“傻透顶了。”

Chapter 16

她好快乐，有时乐到几乎无法承受，幸福感刷新了她的美貌。婚前那段时日，青春开始从她脸上褪色，她显得疲惫憔悴。心地恶毒者说，她快发馊了。然而，二十五岁的小姐是一回事，二十五岁的少妇又是截然不同的另一回事。她就像一朵玫瑰花苞，花瓣边缘开始枯黄了，结果倏然间，她成了一朵盛开的玫瑰，绽放星光的明眸也更加熠熠动人。她向来最自傲、最积极保养的肌肤更容光焕发，不能以花或桃来相比，会相形失色的反倒是花或桃。她的姿色回归十八岁，闪亮迷人的风华抵达巅峰，令旁人不想多说一句也难。她的女性友人纷纷把她拉到一旁问，她是不是有喜了？原本奚落她是长鼻美女的人，现在承认自己看走眼了。如同查理当初认识她时的赞美，现在她是天仙。

两人保密的功夫到家。查理告诉她，他脸皮厚（她语带轻松插话："我可不让你到处炫耀。"），丑事外扬对他无所谓，但为了她好，最小的风险也冒不得。他们不能经常密会，对他而言次数再频繁一倍也不够，但他必须以她的安全为先，有时去古董店幽会，偶尔午餐后趁无人之际去她家，但她常常在公开场合见到他。他以正式的态度和她交谈时，言谈亲和，以他面对所有人惯用的口吻，她不觉莞尔。旁人若听见他以迷人的态度幽她一默，怎能想象他最近才曾热拥过她呢?

吉娣好崇拜他。在马球场上，他穿时髦马靴和白马裤。穿上网球装的他看似小男童。他当然以自己的身材为傲：她没见过比他更棒的身材。他努力维持身材，绝不吃面包、马铃薯、牛油。他也经常运动。她喜欢他保养双手的用心，他每周美甲一次。他是运动健将，去年勇夺地方网球锦标。他绝对是她遇过的最佳舞伴，和他共舞的滋味如梦似幻。没有人猜得到他四十岁了。她告诉他，她不信。

“我相信你吹牛，其实你才二十五。”

他笑了，很得意。

“唉，亲爱的，我儿子都十五岁了。我是个中年绅士。再过两三年，我就成了肥肿的糟老头。”

“你活到一百岁照样帅。”

她喜欢他浓密的黑眉毛。她心想，会不会是有浓眉衬托，蓝眼才更显夺目。

他多才多艺。他的钢琴技巧相当不错，擅长散拍音乐，当然。他也能以雄厚的男音搭配幽默感，演唱搞笑歌曲。她不信天下有什么事难得倒他。在专业上，他也非常精明能干。有一次，他告诉她，他完成一件高难度任务，总督特地恭喜他，吉娣不禁与有荣焉。

“不是我自我吹嘘，”他笑着说，目光充满对她的深情，“全单位上下，没有一个人能比我做得更好。”

哦，她多盼望夫婿是他，而不是沃特!

Chapter 17

沃特是否知情，当然仍是未知数。如果他不知情，或许最好还是别轻举妄动。但如果他真的发现了，哼，最后还不是皆大欢喜？起初，她就算不满意，至少能接受鬼鬼祟祟见查理的举动，然而她的情欲与日俱增，近来她越来越不耐烦，只想一举扫除阻挠她和查理结合的障碍。查理常告诉她，官位迫使他不得不谨慎，令他痛恨，恨他一身的束缚，也恨她一身的束缚。他说，假使两人都能自由，日子多么美妙啊！她懂查理的观点，没有人想闹丑闻，而且在人生航道转向之前，也必须从长计议。然而，假使两人都能摆脱羁绊，啊，一切将变得多么单纯！

就算事情闹大，又不会有人受重伤。查理夫妻的关系如何，她了如指掌。陶恩森夫人个性冰冷，夫妻之间多年来已无爱可言，两人仍然厮守的原因是习惯成自然，当然也为了小孩。查理恢复自由身比她容易，因为沃特爱她。但反过来说，沃特成天埋首工作，在假日也有俱乐部可去，如果闹翻了，沃特最初可能会难过一阵子，但迟早会痊愈的，没理由不能再娶。查理曾告诉她，他搞不懂，为何她会糟蹋自己，嫁给沃特·费恩。

想着想着，她不禁半笑，纳闷为何刚才想到奸情曝光居然心惊胆战。见到门把缓缓转动，当然吓人，然而，他们终究摸清了沃特的底子，已有迎战的准备。两人最大的心愿不期然实现了，查理的感受一定会和她一样是如释重负。

沃特是绅士，她愿承认这一点，以示中肯，而且沃特爱她。沃特一定会准她下堂求去。这一段姻缘结错了，幸好能及时醒悟。她下决心，拟好了说辞和摊牌方式。她将以笑容伴随亲切而坚定的态度面对。双方没必要起争执。事过境迁，她永远还是会欣然见他。她由衷希望，夫妻一场这两年能在他心田里留下无价的回忆。

“桃乐蒂·陶恩森才不会舍不得和查理离婚吧，”她心想，“既然老幺快送回英国了，她回英国住，应该更合理嘛。在香港，她又找不到事做。人在英国，她可以陪三个儿子过所有佳节。更何况，她的父母都在英国。”

一切都很单纯，整件事可以好好商量，不必闹丑闻，不必伤感情。接着，查理和她就能结婚。吉娣长叹一声。他们往后的日子一定会幸福快乐。为了幸福，多吃一点苦也值得。她憧憬着两人即将共度的生活，美景一幕幕交叠映入脑海，两人玩得多开心，携手去哪里郊游，住什么样的房子，查理荣升什么样的官位，她能在哪方面帮夫。他将会以她为荣，而她，也为他倾心。

她做这些白日梦之际，忧虑的暗潮却汹涌不歇，犹如管弦乐团的木管乐器和弦乐演奏着游乐场旋律，低音却洋溢着鼓声，音量小而阴森，隆隆敲着残酷的归营鼓。沃特迟早非回家不可，一想到即将面对他，吉娣心跳加速。怪事，沃特下午回家，临走也不通知她一声。她当然不怕沃特，再怎么说，他又敢怎样？她反复安慰自己，但她不太能抚平忐忑不安的心。她再次复诵摊牌词。一哭二闹三上吊，有什么好处呢？她非常后悔，天知道她不想刺痛他的心，但是，她是真的不爱他，她又能怎么办呢？再伪装下去也不是办法，最好还是实话实说。她希望沃特不要不开心，这段姻缘确实是结错了，唯一合理的方式是认错。日后，她能永远在心中善待他。

然而，在她复诵讲稿的当儿，一股恐惧阵风突起，刮得她掌心冒汗。心生恐惧的她开始生沃特的气。他想闹事的话，后果由他自负，自食苦果可别惊讶。她会告诉沃特，她从未把他放在心上，她婚后没有一天不后悔。他个性沉闷，唉，闷得她发慌、发慌、发慌！他自以为高人一等，可笑啊。他缺乏幽默感。她恨他目空一切、冷淡、自制。凡事没兴趣，对自身以外的所有人都没兴趣，这种人谈自制很容易。他令她反感。她讨厌让他吻。他有啥了不起，何必那么自负？舞技烂，宴会时扫兴，弹唱都不会，也不会打马球，阿猫阿狗的网球都打得比他好。桥牌高手？谁在乎桥牌？

吉娣的怒气激荡到巅峰。他有胆就骂吧。走到这步田地，错全在他身上。事实终于摊在他眼前，她谢天都来不及呢。她恨沃特，但愿今生不要再看见他。对，她庆幸一切都落幕了。他为什么不能放她一马呢？当初结婚是他施压，现在她受够了。

“受够了，”她反复大声说，气得直发抖，“受够了！受够了！”

她听见车子驶向庭园门口。他正踏着楼梯上来。

Chapter 18

他进了门。吉娣的心脏狂跳，双手颤抖，幸好她躺在沙发上，捧着一本书，假装阅读。他在门槛上站了一会儿，两人四目相接，她的心直往下沉。她突然觉得一阵寒意传至四肢，不禁哆嗦。英语里形容心头发毛的比喻语是“有人从你坟墓上面走过”，她正有这种感受。沃特面如死灰，她以前只见过一次，就是他在公园坐着求婚的那次。他的黑眼珠不动，莫测高深，似乎大得超乎常态。他完全知道了。

“你今天这么早回家。”她说。

她的嘴唇抖到几乎无法咬字，皮颤肉跳。她担心自己会晕厥。

“跟平常差不多吧。”

她觉得他的口吻诡异，尾音上扬，以便赋予这句话一种随口说的调调，但听起来勉强。她怀疑沃特是否发现她浑身颤抖的模样。她用尽力气才不至于尖叫。沃特视线往下垂。

“我去换个衣服。”

他离开后，吉娣崩溃了，有两三分钟无法动弹，但最后她勉为其难从沙发上起身，好似大病初愈，身子仍虚脱。她双脚触地，不知两腿是否站得住，只好扶着桌椅走到游廊，然后一手按着墙，来到自己的房间，穿上茶服，走回起居室（大客厅只在宴客时用），见他站在桌前看《素描》周报里的图片。她硬押着自己才进去。

“可以下楼了吗？晚餐准备好了。”

“我让你久等了吗？”

嘴唇抖到无法控制，她心惊不已。

他想等到什么时候才开口？

夫妻坐下，片刻无言以对。随后，他讲了一句稀松平常的话，寻常到反而带有邪气。

“女皇号今天没进港，”他说，“我怀疑是不是遇到暴风雨了。”

“本来预计今天进港吗？”

“对。”

她这时望着沃特，见到他的视线固定在他的餐盘上。他又讲了一句话，同样是琐事，说着一场即将开打的网球锦标赛，叙述详尽。在平常，他语调和气，抑扬顿挫皆有，现在却是平板调，是异样的不自然，让吉娣产生一种他从远方发话的错觉。与此同时，他的眼睛仍直视餐盘，或桌面，或墙上的一幅画。他无法正视吉娣。她了解到，他一见她就受不了。

“我们上楼去吧？”晚餐后他说。

“随你的意思吧。”

她起身，他为她开门，在她经过时视线低垂。来到起居室，他再次拿起画报。

“这是新的一期《素描》吗？我好像没看过。”

“不知道。我没注意到。”

这本已经摆了两个星期，她知道他早已翻透。他拿起画报，坐下。吉娣又躺进沙发，拿起书。平常晚间，夫妻独处时，两人常玩康景牌或接龙。他坐在扶手椅上往后仰，坐姿舒适，似乎全神贯注在手中的画报。他没翻页，吉娣努力想读书，却看不见眼前的白纸黑字，字体模糊一片。她开始头痛欲裂。

他什么时候才想开口?

两人默默坐了一小时。她放弃阅读的假象，让小说落在大腿上，凝望着空气，唯恐做出微乎其微的动作，发出微乎其微的声响。沃特纹风不动地坐着，坐姿依然舒适，仍以不动的大眼瞪着图片。他的静肃具有异样的狰狞味，让吉娣觉得他宛如即将扑袭而来的野兽。

他突然站起来时，她陡然一惊，握紧双拳，感觉自己面无血色。快讲啊!

“我有些正事要办，”他沉声说，同样缺乏抑扬顿挫，避开视线，“如果你不在意，我想回我的书房。我敢说，等我忙完时，你早已就寝了。”

“我今晚的确蛮累的。”

“好吧，晚安。”

“晚安。”

他离开了起居室。

Chapter 19

翌晨，她尽早去电查理·陶恩森的办公室。

“喂，什么事？”

“我想见你。”

“亲爱的，我现在忙得很。我是个办公男人。”

“事关重大。我可以去你的办公室吗？”

“不行不行，千万别来。”

“不然，你来这里。”

“我现在走不开。今天下午如何？不去你家比较好吧，你认为呢？”

“我非马上见你不可。”

对方停顿一下，她担心电话断线了。

“你还在吗？”她焦急地问。

“对，我正在动脑筋。出事了吗？”

“电话上不方便讲。”

沉默再起，接着他才又开口。

“不如这样吧，下午一点，我可以抽出十分钟，够吗？你最好去谷洲，我会尽快过去。”

“去古董店吗？”她失望地问。

“对。我们总不能约在香港大饭店的大厅吧？”他回答。

她留意到他语带一丝烦躁。

“也好。那我就去古董店。”

Chapter 20

人力车在域多利道停下，她下车，踏上一条陡窄巷，来到古董店，在外徘徊一阵子，佯装欣赏着橱窗里的小古玩。有个负责站岗监看顾客的男孩见到她，立刻认出她是谁，阔嘴对她一笑以示心照不宣。他朝店内讲了一句中文，穿黑袍的肥脸矮男店主便出来迎接她。她赶紧入内。

“陶恩森先生仍未来。你向上走，请。”

她走进店深处，踏上黑黝黝、吱嘎晃的楼梯。华人跟着她上来，打开卧房锁。房间里空气不流通，有一股鸦片臭味。她在檀香木箱上坐下。

片刻后，她听见吱吱嘎嘎的楼梯传来沉重的脚步声。查理进来，随手带上房门，脸色郁闷，一见她便一扫阴霾，亮出他常有的迷人笑容，迅速拥她入怀吻香唇。

“到底出了什么麻烦事？”

“只要见到你，我心里就舒服了点。”她微笑。

他在床上坐下，点烟。

“你今天的脸色怎么这么憔悴？”

“不奇怪，”她回答，“我昨晚差不多整晚没合眼。”

他瞧她一眼。他的笑脸仍在，但变得有点僵，不甚自然。她觉得他的目光带有一抹焦虑。

“他知道了。”吉娣说。

一两秒的空当后，他才出声。

“他怎么说？”

“他什么也没说。”

“什么！”查理横眉看着她，“你怎么晓得他知道了？”

“言行，他的表情，以及晚餐时讲话的样子。”

“他口气很冲吗？”

“正好相反，他礼貌周到得很。昨晚睡前他没有亲我，这是婚后头一遭。”

她的视线下沉。她不确定查理是否能明了。平日就寝前，沃特会把她抱进怀里强索吻，不肯松开她的嘴，接吻时他的全身变得温柔而热情。

“他不明讲，你认为是基于什么样的因素？”

“我不晓得。”

两人无语。坐在檀香木箱上的吉娣木然望着查理，心急如焚。他的脸再度阴郁起来，眉宇之间产生皱褶，嘴角微塌。随即，他抬头，眼睛里出现一道邪笑的光辉。

“我怀疑他有没有胆子摊牌。”

她没回应。她不知道查理指的是什么。

“遇到这档子事却睁一眼闭一眼的男人，他不是第一个。撕破脸对他有什么好处？如果他想大闹一场，他当场可以坚持进你的房间。”查理目光闪耀，咧嘴微笑起来，“当场让我们糗得像一对天杀的傻子。”

“要是你能看见他昨晚的表情就好了。”

“我能想见他心情郁闷。这事可想而知是晴天霹雳。对任何男人而言，戴绿帽是天大的耻辱。他老是一副傻瓜样。我对沃特的印象是，他这种人不喜欢当众自曝家丑。”

“我想也是，”她反思后回应，“我发现，他的个性非常敏感。”

“这样对我们两个最好。我建议你一个好对策，你可以设身处地问自己，换作你，你会如何反应？他遇到这处境，唯一能挽回颜面的做法是装糊涂。我敢拿全天下的钱打赌，他绝对是想假装不知道。”

查理越说越起劲，蓝眼珠灼亮有神，回归他欢乐快活的本性，散发着振奋人心的自信。

“天知道我不想讲他坏话，不过说穿了，细菌学家又不是什么高官。等希蒙士回英国，我有把握继任辅政司，所以沃特如果够聪明，绝不敢和我作对。他和所有人一样，不能不考虑自己的饭碗。小官闹丑闻，殖民部会怎么处置？相信我，他咬牙不讲的好处多多，如果事情闹大了，他一定落得两头空。”

吉娣不安地碎动。她清楚沃特多害羞，相信沃特担心把事情闹大，他畏惧引来众人指指点点。但她无法相信沃特的决定会受利益左右。她对沃特认识或许不够深，但查理对他是完全不懂。

“你有没有想过，他爱我爱得痴狂？”

查理不应，但他以使坏的眼神对她奸笑。她明白也喜爱查理的这副迷人表情。

“怎样？快讲啊。我知道你想讲难听的话。”

“唉，你也晓得嘛，男人的爱慕心多痴狂，通常和女人家的感受有一大截落差。”

她首度扑哧一笑。他的自信具有传染力。

“讲这种话太残忍了吧。”

“照你的情况看，你最近不太想理你丈夫，说不定他已经不像以前那么爱你了。”

“他爱或不爱是一回事，不过我绝不会妄想你爱我爱得痴狂。”她反唇相讥。

“那你就错了。”

啊，听见他这么说，吉娣心情好多了！她知道他有这种作用，对他的热情深具信心，心情洋溢暖意。他边说边下床，走向她，也在木箱上坐下，一手搂住她的腰。

“你的傻脑筋别再穷担心了，”他说，“我向你保证，没啥好怕的。我敢确定，他一定会装糊涂。你知道，想证明这种事难如登天啊。你说他爱你，说不定他不想失去你。假如你是我老婆，我发誓只要不失去你，再苦都能接受。”

她倚向他，身体在他的搂抱中变得瘫软而服从。她对他爱之深，近乎自我折腾。他最后一番话讲进她的心坎：也许沃特爱她爱得热切，再大的羞辱他也不惜隐忍，只求她偶尔让他爱一下。她能理解这心理，因为她也愿为查理做同样的牺牲。一股骄傲感灌满她全身，同时也兴起一丝淡淡的轻蔑，鄙视着能爱到做牛做马的男人。

她一手深情勾住查理的脖子。

“你实在太好了。我刚来的时候，抖得像树叶被风吹一样，结果你一来，一切都变得安好。”

他捧起小脸蛋吻她的唇。

“亲亲。”

“你很懂得安慰我。”她叹气。

“我相信你没必要紧张。你也应该晓得，我会陪你渡过难关。

他觉得无聊得半死。

“上门来找我的年轻人通常让你看不顺眼吧，父亲。”她说。

他以亲切、疲惫的眼神看吉娣。

“你有没有打算和他结婚？”

“绝对没有。”

“他是不是爱上你了？”

“他完全没有显露迹象。”

“你喜欢他吗？”

“不怎么喜欢吧。他让我有点烦。”

沃特根本不是她喜欢的一型。他个子矮，但骨架不粗，纤瘦而不精瘦，黑发，脸上无毛，五官非常端正，线条明显。他的眼珠近乎黑，但眼睛不大，也不太灵活，目光一停留就硬是不走。这双眼睛充满好奇却不十分讨喜。他的鼻梁直挺而细致，眉毛秀丽，嘴形优美，照理说长相不错才对，但令人诧异的是，他并非俊男。他开始进入吉娣心里后，吉娣才赫然发现，如果能拆开他的五官分别看，每一个部位其实很中看。他的表情略带讽刺意味，吉娣对他稍微熟悉之后，发现和他相处时不是很自在。他缺乏欢乐神经。

名媛舞季近尾声之际，他们已见面多次，但冷漠而莫测高深的他丝毫不改本性。和吉娣相处，他不见得腼腆，而是尴尬，奇怪的是，他的言谈维持对事不对人。吉娣逐渐理出结论：他根本不爱她。他只喜欢她，认为和她交谈很轻松，但等他十一月回香港后，一定把她忘得精光。她怀疑，他很可能早已在香港订婚了，准岳父是神职人员，未婚妻在医院担任护士，个性沉闷，长相平庸，扁平足，走路费力。那一型的妻子和他才登对。

不久，妹妹朵莉丝宣布和杰福瑞·丹尼森订亲。妹妹才十八岁就找到合适的对象，而她二十五岁依然单身。她不结婚会怎样呢？

那一季，唯一向她求婚的男生才二十岁，仍就读牛津大学。她才不肯下嫁一个小她五岁的男孩。择夫之路被她踩坏了。去年，一位有三个小孩的巴斯骑士鳏夫向她求婚，被她婉拒。她几乎后悔。母亲的嘴脸一年比一年难看。而妹妹呢？从小，妹妹总为了她好而被牺牲，因为爸妈指望姐姐能嫁得光芒万丈，如今姐姐嫁不掉，妹妹必定会当着她的面趾高气扬。吉娣的心情直落。

我不会让你失望的。”

她放下恐惧，但霎时之间，她又无端后悔将来的计划泡汤了。现在，惊涛骇浪过了，她几乎宁可沃特有坚持离婚的打算。

“我就知道你靠得住。”她说。

“我正希望你有这种想法。”

“你不想去吃你的午餐吗？”

“哼，去他的午餐。”

他把她搂得更紧，现在以双臂紧紧拥抱她，向她索吻。

“不行啦，查理，赶快放开我。”

“休想。”

她呵呵笑一笑，传达幸福爱意，传达凯旋之情；他的眼神充满肉欲。他抱着她站起来，不放她走，紧抱她入怀，把门锁好。

Chapter 21

整个下午，她思考着查理对沃特的分析。这一晚，沃特想带她外出用餐。他从俱乐部回家时，她正在换衣服。他敲了敲门。

“进来。”

他没开门。

“我想直接去换装。你还要多久？”

“十分钟。”

他不再说话，直接进自己房里，嗓音一如昨晚那般紧绷。她现在的心情相当沉笃。她打扮好了，先下楼。等他下楼时，她已坐进车里。

“抱歉让你久等了。”他说。

“久等又不会死。”她响应，能够边说边微笑。

车子驶下山期间，她讲了一两句话，但沃特的回应十分短促。她耸耸肩，有点越来越不耐烦：他想生闷气的话，随他去生闷气，她才不在乎。直到行抵目的地，两人不再开口。这场晚宴盛大，有太多人、太多道餐点。吉娣和邻座聊得开心，不时观察沃特。他脸色惨白，表情紧蹙。

“你先生今天看起来相当憔悴。我还以为他不怕热。他最近工作是不是太卖力了？”

“他工作一向很卖力。”

“你应该就快出国了吧？”

“对啊，我想和去年一样去日本，”她说，“大夫说，我应该去避暑一阵子，不然会崩溃。”

平常参加宴会时，夫妻分开坐，沃特总三不五时微笑望她一眼，今晚不然。他一眼也没看她。刚才下楼上车时，她也留意到，沃特避开视线，如常表现绅士风度伸手方便她下车时，他也有同样神态。在宴席中，他和左右妇女对话时，脸上无笑意，只稳稳瞪着对方，眼皮不眨。他的眼睛是真的很大，在白脸的烘托下，更显得像黑炭。他的脸僵硬而严肃。

“和他坐一起，气氛想必很祥和吧。”吉娣在脑里反讽。

碰到他这个邻座，左右两位淑女够倒霉，对着那张阴森的面具，尽量没话找话聊，吉娣越想越好笑。

他当然知情，这毫无疑问。此外，他也对她怒火中烧。他为何压着话不讲？难道真的是因为他爱得太深，所以压抑怒火和心痛，就怕她离他而去？想到这里，她又轻轻鄙夷他，但这次带善意：再怎么说，他毕竟是提供膳宿的亲夫，只要他不干涉她，能让她为所欲为，她必定会善待他。反之，也许他闷着不说，全是生性极端怯弱使然。查理说得对：最讨厌家丑外扬的人非沃特莫属。找他当众演讲，他是能回避就回避。沃特曾告诉她，有一次，法院传唤他以专家身份出庭做证，害他几乎一整星期睡不着觉。他的害羞近乎病态。

另外也有一项因素：男人死爱面子。只要外界不明就里，沃特不无可能对奸情视若无睹。接着，她考虑查理的判断正确度有几分：查理暗示说，沃特懂得饭碗握在谁手上。查理的人缘在全香港没人比得上，而且不久即将继任辅政司，沃特可以善用这关系。反之，如果沃特想作对，也可能自食恶果。一想到情夫的果决坚强，吉娣的心随之雀跃；在查理雄赳赳的怀抱里，她觉得毫无防御能力。男人很奇怪：她从未想过沃特做得出如此下流的事，但这种事谁料得准呢？也许，沃特的正经只是一副面具，遮住阴险诡诈的本性。她越想越认同查理的判断。她的视线再次投向丈夫，没有讨好之意。

就在此时，左右两女正好转头，各和自己的邻座交谈，沃特被冷落。他凝望前方，无视宴会场景，目光充满哀凄，令吉娣陡然心惊。

Chapter 22

隔天，她午餐后躺下来打盹，被敲门声吵醒。

“谁呀？”她烦躁地喊。

她不习惯在这时候被人打扰。

“我。”

她认出丈夫的嗓音，急忙坐起来。

“进来。”

“没有吵醒你吧？”他进门说。

“的确有。”她以这两天采用的自然语调说。

“麻烦你进隔壁房间一下。我有事想商量。”

她的心脏对着肋骨倏然一撞。

“等我穿上睡袍。”

他先离开。她赤脚穿上拖鞋，套上晨袍，照照镜子，见脸色煞白，于是擦了擦胭脂粉。她在门口稍停，梗起脖子，壮胆走进去见他。

“实验室这时间不是正忙吗？你怎么走得开？”她问，“我不常在这时段看你回家。”

“麻烦你坐下。”

沃特不正眼看她，语气凝重。她欣然照他的吩咐去做。她的膝盖有点撑不住，欣快的语气也无以为继，因此不语。他也坐下，点烟，眼睛不停周游室内，似乎难以启齿。

突然间，他正面对着她看。由于这两天来，他的目光一直闪躲，正眼一瞪的效果令她恐惧。她强压住了惊呼的冲动。

“你有没有听过湄潭府这县城？”他说，“最近报纸常报道。”

她讶然盯着他看，犹豫着。

“那地方是不是闹霍乱？亚布纳特先生昨晚提过。”

“那地方发生流行病。我相信是多年来最严重的一次。县城里本来有个医疗传教士，染上霍乱，三天前死了。县城有个法国修女院，当然也有个关税局人员。其他人全部撤退了。”

他的眼光仍固定在她的脸上，她无法调降自己的视线。她试着解读他的表情，但碍于紧张，仅能观察出一许异样的戒慎。他的眼神怎么能如此坚定？眼皮甚至连一下也没眨。

“修女院正在尽全力。她们把孤儿院变成了医务所。不过，居民照样一个接一个倒下去。我已经自愿去指挥了。”

“你？”

她心头剧烈一震。她的第一个念头是：他一走，她就解脱了，不受拘束或阻碍，能随心所欲见查理。但这念头也令她震惊，脸不禁红了起来。沃特为什么这样盯着她直看？尴尬之下，她转移开视线。

“有必要吗？”她结巴说。

“那地方缺一个外籍医生。”

“可是，你又不是医生，你是细菌学家啊。”

“我是名副其实的医师，你知道。在我专精细菌学之前，我在医院做过不少内科的工作。我在细菌学方面学有专长，更能胜任县城里的任务。我能在当地做研究，这机会难能可贵。”

他的口吻近乎油滑，她的视线瞟过去时，赫然见到他的眼睛散发出一丝揶揄的光彩。她无法理解。

“可是，去那里不是太危险了吗？”

“是很危险。”

他的微笑是奚落人的冷笑。她单手支撑额头。这是自杀嘛，不折不扣的自杀。太恐怖了！她没料到他竟出此下策。她不能让他做这种事，太残忍了。她不爱他，又不是她的错。他为了她而走上绝路，她一想想就无法忍受。泪水缓缓流下她的脸颊。

“你哭什么哭？”

他的语调冰冷。

“你没有非去不可的义务吧？”

“没有，是我自愿想去。”

“求求你，不要去，沃特。出事的话，后果太可怕了。你有可能赔上一条命啊。”

虽然他表情维持无动于衷，一抹笑意却再次掠过眼湖。他没回应。

“这地方在哪里？”她停顿一阵之后问。

“湄潭府吗？在西江的支流上。我们可以搭船从西江上去，然后改坐轿子。”

“‘我们’指的是谁？”

“你和我。”

她匆匆再看他一眼，以为听错了。但现在，他眼中的笑意已蔓延至嘴唇，黑眼珠定定看她。

“你指望我陪你去？”

“我心想你会愿意。”

她的呼吸开始急促，浑身陡然哆嗦。

“可是，那地方绝对不适合女人去吧。早在几个礼拜前，传教士就送走妻儿了，APC夫妻也撤退了。我在茶会见过他的妻子。我刚刚才回想起来，她说他们因为某个地方闹霍乱才离开。”

“那里有五位法国修女。”

恐慌揪心。

“我听不懂你的意思。没有道理带我一起去吧。你明明知道我多么娇弱。海渥德医生叮嘱说，我一定要离开香港去避暑。我一定受不了那县城的暑热。何况还有霍乱。我绝对会被吓傻。这简直是自找麻烦嘛。我没有理由跟着去。我一定会死。”

他不应。她便以绝望的眼神望着他，几乎压不下想哭喊的冲动。他的脸蒙上一层黑黑的病容，忽然吓到她。她从中看出了仇恨的意味。他该不会希望她死吧？她以她激烈的想法回应。

“荒谬。如果你自认非去不可，那是你家的事，怎么能指望我也去？我讨厌病痛。霍乱大流行，我不想装勇敢，也不在意老实告诉你，我没胆子面对霍乱。我想待在这里，然后去日本避暑。”

“我即将出一趟远门冒险，你应该想陪伴我同行才对吧。”

现在他是毫不掩饰地嘲讽她了。她一头雾水，不太明白沃特此言当真，还是只想吓唬她一下。

“那地方太危险了，我既没有专业知识，去那里也发挥不了作用，明理的人应该不会责怪我拒绝去。”

“你可以发挥最大的作用啊。你可以讨我欢心，抚慰我。”

她的脸色再度苍白了几分。

“我不了解你在讲什么鬼话。”

“以常人的智力，应该可以理解我这句话吧。”

“我不去，沃特。要求我去，太残忍了。”

“那我也不去。我马上向法院提出申请。”

Chapter 23

她茫然看着沃特。这句话来得意外，她最初几乎听不懂含义。

“你到底在讲什么鬼话？”她结巴说。

即使听在自己耳朵里，她对这话的虚假意味也嫌浓。她看得出沃特严峻的脸色因而多了一分轻蔑。

“我不算聪明，但你恐怕也把我看得太笨了吧。”

她不太知道该说什么。她无法决定是否该愤慨表示天真，或索性翻脸怒骂。他似乎能解读她的心思。

“该有的证据，我全掌握到了。”

她开始哭。泪水流得不特别苦闷，她也不举手拭泪：哭泣让她有机会振作自己。但她的脑袋一片空白。沃特看着她，毫不关心，心平气和的态度令她心里发毛。他变得不耐烦。

“再哭也无济于事，你知道吧。”

他的语调如此冰冷坚硬，反而激发了她心中的某种愤慨。她正平复心情。

“我不管。我猜你不会反对我提出离婚的要求。离婚对男人而言不痛不痒。”

“容我问你一句：我何必为了你而给自己添麻烦？”

“对你来说根本没有影响。要求你表现绅士风度，不算过分吧。”

“我太关心你的福祉了。”

她坐直上身，擦干眼睛。

“你这话是什么意思？”她问。

“陶恩森愿意娶你的两个关键在于：一，他被列为共同被告；二，案子闹得太丢人现眼，他妻子不得已和他离婚。”

“你不懂别装懂。”她哭喊着。

“你这个笨呆瓜。”

他的语气充满轻蔑，燃起她的满腔怒焰。她之所以气成这样，或许因为她只听过沃特对她说尽甜言蜜语和奉承话。她已习惯沃特对她屈膝恭敬，百依百顺。

“你想知道事实的话，我告诉你好了。他巴不得和我结婚。桃乐蒂·陶恩森也满心愿意和他离婚。我们一恢复自由身，准备立刻成亲。”

“他是真的亲口讲过这几句话吗？或者，这只是你从他的言行中得到的片面印象？”

沃特的眼中闪现卑鄙的嘲弄意味，令吉娣略微局促不安。她不太确定查理是否曾讲过这几句话。

“他反复说过好几遍。”

“胡扯。你睁眼说瞎话。”

“他死心塌地爱我。他爱我爱得火热，我也一样。既然被你发现了，我不想再否认什么。何必否认呢？我们偷情一年了，我引以为荣。他对我的意义胜过全世界的一切，今天终于被你知道了，我很庆幸。我和他偷偷摸摸的，妥协让步，烦都烦死了。嫁给你是错的，是我万万不该做的事，都怪我太傻。我心中从来没有你。我和你完全没有交集。我不喜欢你欣赏的那些人，对你感兴趣的东西也觉得无聊。终于结束了，我感激不尽。”

他看着她，无动作，表情也木然。他专心听着，没有表情显示她的告白打进他的心。

“我为什么嫁给你，你知道原因吗？”

“因为你想赶在妹妹之前结婚。”

这是事实，但发现他竟然知道内情，令她心里不是滋味。说也奇怪，即使在惧怒交加的此刻，这话也激发她的同情心。他淡淡微笑。

“我对你不抱持幻想，”他说，“我早知道你傻里傻气、轻浮、脑袋空空，但我爱你；我早知道你的志向和理想俗不可耐，但我爱你；我早知道你是二流货，但我爱你。我尽量对你感兴趣的事物感兴趣，急着隐藏我并不无知、不低俗、不爱散布丑闻、不笨的事实，隐藏得好努力，想想多滑稽。我知道你多么畏惧高智能，所以我尽全力让你以为我是个大笨蛋，和你认识的其他男人一样笨。我早知道你嫁给我是权宜之计。我当时爱你好深，所以不在乎。就我所见，多数人落入情网时，爱如果没有得到回报，通常觉得心有不甘，心中滋生怨怒。我不是那种人。我从来没指望你爱我，你没理由非爱我不可，我也从不认为自己条件好。能获准爱你，我感谢都来不及呢。偶尔，我觉得你对我满意，或我留意到你眼中有一丝开朗的温情，我就欣喜若狂。我尽量不要让你对我的爱感到无聊。我知道我不能让你无聊，所以总是注意你是不是对我的爱意感到不耐烦，一出现不耐烦的迹象，我马上缩手。多数丈夫视为权利的事物，全被我视为恩惠。”

吉娣从小到大听惯了奉承，不曾听过任何人对她讲这种话，心底燃起一股炫目的怒焰，赶走恐惧，令她似乎语塞，只觉得太阳穴血脉扩张，噗噗振动。虚荣心受伤的女人比幼狮被夺走的母狮更凶悍。吉娣的下颌原本就略显方正，这时往上仰，姿势丑陋近似猿猴，俏丽的眼珠成了一潭恶狠狠的墨水。但她克制住了脾气。

“男人如果缺乏让女人爱他的本事，那么错在他身上，不能怪女人。”

“显然是。”

他的嘲讽语气让她更加烦躁。她觉得保持镇定能伤害他更深。

“我的教育程度不高，脑筋也不是非常聪明。我只是一个平凡的少妇，喜欢的东西全是常和我相处的人喜欢的东西。我喜欢跳舞、网球、剧场，喜欢会玩游戏的男人。说实在话，你和你喜欢的东西老是让我觉得无聊。它们对我毫无意义，而我也不想培养对它们的兴趣。去威尼斯的时候，你拖着我去逛艺廊，逛个没完。假如待在古镇桑威治打高尔夫，我可能会玩得加倍开心。”

“我知道。”

“我没能符合你所有的期望，我对不起你。遗憾的是，我自始至终都觉得你面目可憎。你总不能因此责怪我吧。”

“我不怪你。”

假如他大发脾气、摔东西，吉娣反倒比较能应付，因为她能以暴制暴。沃特的自制力超乎常人，此时她对他的恨意之强烈超过以往任何一刻。

“我认为你根本不是男子汉。你发现我和查理反锁在房间里，为什么不破门而入呢？起码也作势揍他一顿嘛。你怕了吗？”

但此言一出口，她瞬间脸红，因为她自觉可耻。沃特不答，但她能从他的眼神中判读出一缕冰冷的鄙薄。若有似无的笑意在他嘴唇上缥缈。

“我有可能是想效法古人，自尊心太强，不想打架。”

吉娣想不出该如何回应，只耸耸肩。他再以目不转睛的凝视盯住她。

“该说的话，我差不多说完了，如果你拒绝一起去湄潭府，我这就提出申请。”

“你为什么不同意让我和你离婚？”

他终于移开视线。坐在椅子上的他往后仰，点烟，一根抽到底，不发一语，然后扔掉烟蒂，浅浅一笑，再度望向她。

“如果陶恩森夫人能保证和她丈夫离婚，如果他能书面保证在两案判决后一星期之内娶你，那我就同意离婚。”

不知为何，沃特的口吻令她坐立难安。但她拗不过自尊，以高尚的态度接受他的条件。

“你太宽宏大量了，沃特。”

令她错愕的是，沃特骤然爆笑一声。她气得脸色绯红。

“笑什么笑？我不觉得哪里好笑。”

“抱歉了。我的幽默感恐怕异于常人。”

她皱眉看着他，想找恶毒话伤害他，可惜想不出答辩词。他看了看手表。

“你想去陶恩森的办公室找他的话，最好赶快动作。如果你决定陪我去湄潭府，我们有必要在后天启程。”

“你要我今天就告诉他？”

“俗话说得好，一生之计在今朝。”

她的心跳开始加快几拍。她感觉到的不是不安，而是……她也不太清楚是什么。她但愿时间充裕一点，让她能为查理预做心理建设。但她对查理有十足的信心，因为查理爱她和她爱查理一样深。即使是贸然一想到查理可能不喜欢面对躲不掉的现实，她的心情就七上八下。她面色凝重，转向沃特。

“我不认为你懂爱情的真谛。你无从揣测我和查理爱得多么执迷。唯一要紧的东西其实只有爱。需要为爱做出牺牲的时候，我们一定义无反顾。”

他微微向她一鞠躬，不说话，目光跟随着从容不迫的她出门。

Chapter 24

她写字条给查理："有紧急事，请见我。"请华人小弟送进办公室。小弟请她稍候，然后告知她，陶恩森先生五分钟后可以见她。她不明不白紧张起来。小弟终于带她进办公室时，查理上前和她握手，但小弟走后，门一关，办公室只剩两人，查理立刻一扫和气客套的表象。

"亲爱的，恕我直言，你真的不能在上班时间来找我。我有很多公事，忙得很，而且我们不能落人把柄。"

她以美丽的明眸看着他，良久不放，尽量想微笑，奈何嘴唇僵了，笑不动。

"除非不得已，我不会来找你。"

他微笑着，牵起她的手臂。

"既然来了，那就过来坐一下吧。"

办公室里摆设朴素，格局窄，天花板挑高，墙壁漆成深浅不一的赤陶色，唯一的家具是一张大办公桌、一张陶恩森坐的旋转椅、一张访客坐的真皮扶手椅。吉娣坐这张扶手椅感到矮一截。陶恩森在办公椅上坐下。她从未见过查理戴眼镜，她不知道他有老花眼。他发现她盯着眼镜直看，干脆摘掉。

“我只在阅读时戴。”他说。

动不动淌泪的她此时不知为何哭了起来。她无意欺瞒，但基于本能，她有意激发对方的同情心。查理茫然看着她。

“出了什么事？唉，我亲爱的，别哭嘛。”

她掏出手绢，试着止哭。他摇铃，小弟来到门外，他过去开门。

“如果有人找我，就推说我不在。”

“了解，长官。”

小弟关上门。查理坐在皮椅的扶手上，一手搂搂吉娣的肩膀。

“吉娣亲亲，好了，快告诉我吧。”

“沃特想离婚。”她说。

她意识到，搂肩的力道消失了。查理的身体僵住。沉默一阵子后，查理从扶手上站起来，走回办公椅上坐下。

“你这话究竟什么意思？”他说。

查理嗓音沙哑，她急忙望过去，见到他的脸色变成暗红。

“我跟他谈判了。我直接从我们家过来的。他说他掌握了所有证据。”

“你没有认罪吧？你什么也没承认吧？”

她的心往下沉。

“没有。”她回答。

“你敢确定吗？”他问，凶巴巴望着她。

“敢。”她再次说谎。

他坐着往后仰，呆望着挂在对面墙上的中国地图。她焦虑地看着他。他对这消息的反应令她困窘。她本以为查理会拥她入怀，说他庆幸这一天的到来，两人终于能长相厮守了。但话说回来，男人心难测。她轻轻哭着，但这次的用意不在撩起同情心，而是真情流露。

“我们搞出烂摊子了，”他久久之后才说，“不过，我们不能心慌。哭也不是办法，对我们没好处，你知道。”

她从他的语气中听出烦躁，拭干眼泪。

“哭不是我的错，查理。我忍不住嘛。”

“那当然。运气实在太背了。该怪罪的不只是你，我也一样该被怪罪。事到如今，唯一的对策是解套。我猜你和我同样不想离婚。”

她压抑惊呼的冲动，以探寻的表情看他。他根本没有考虑到她。

“我在想，他掌握到的证据究竟是什么。他哪有办法证明我们那天共处一室？整体而言，我们是谨慎到了最高限度。我确定古董店的老家伙不敢通风报信。就算沃特见到我俩进店内，我们可以推说我们是一起鉴赏古玩，不行吗？”

与其说是对她讲话，倒不如说他在自言自语。

“提出告诉是很简单，没错，想证明却是难上加难，再高明的律师都懂这一点。我们的做法是一概矢口抵赖，如果他扬言法庭见，我们可以叫他下地狱，对抗到底。”

“我不能进法庭，查理。”

“为什么不行？恐怕你非去不可。天知道我不想把事情闹大，不过我们总不能轻易就范。”

“我们何必出庭辩护呢？”

“傻问题。再怎么说，这事不只关系到你，我也有关系。不过，其实，我认为你不必怕出庭。我们能想办法搞定你丈夫。唯一让我担心的一件事是什么办法最恰当。”

他似乎心生一计，改以迷人的笑容面对她，甩掉唐突的官腔，语调变得逢迎。

“我可怜的小女人，你心情坏透了，太惨了。”他握起她的一只手，“我们虽然捅出娄子了，但一定能跨过难关。这又不是……”他适时打住，吉娣怀疑他差点说溜嘴的是：这又不是他的头一次。

“最要紧的是保持镇定。你知道我永远不会让你失望的。”

“我不怕。我不在乎他采取什么行动。”

他仍微笑着，但或许笑得略为勉强。

“如果情况恶化，我不得已只好向总督报告，一定会挨他一顿臭骂，不过他是性情中人，也见过世面。他能想办法补救。单位里闹丑闻，对他没好处。”

“他能怎样？”吉娣问。

“他可以对沃特施压。如果针对沃特的野心利诱不成，也可言之以理，劝他以职务心为重。”

吉娣有点心冷。情势多紧迫严重，查理不懂就是不懂。他的云淡风轻令她沉不住气。她后悔来办公室找他。办公室的场面让她自觉抬不起头。假使能依偎在他怀里，能勾着他的脖子，她就能畅所欲言。

“你不懂沃特的心。”她说。

“我知道人人都能被收买。”

她全心爱查理，但查理的回应令她难安。聪明人怎讲得出这种笨话？

“你不了解沃特有多生气。你没见到他的表情和眼神。”

他一时不语，只浅笑着看她。她知道他有何盘算。沃特是研究细菌的小职员，是查理的部属，岂敢向殖民地高官放肆？

“自欺是没有好处的，查理，”她诚心说，“如果沃特下决心告进法院，你或任何人讲破嘴皮，也没办法动摇他的心意。”

查理的脸色再度暗沉。

“把我列为共同被告是他的想法吗？”

“起初是的。最后我劝他同意让我诉请离婚。”

“唉，那还不赖嘛。”他的神态再一次松懈下来，她看得出他的眼神如释重负，“我觉得这方向非常好。毕竟身为男人，这是举手之劳，是唯一得体的举动。”

“不过，他开出一个条件。”

查理露出狐疑的眼神，看似正在动脑。

“当然，我不是大富翁，不过我一定会尽力而为。”

吉娣讲不出话。从查理嘴里冒出来的，全是她万万想不到他会有的反应，她听得难以对答。她本以为能一口气吐尽哀怨，依偎在他的柔情拥抱中，将火烫的脸埋进他的胸膛。

“他同意我离婚的条件是，你妻子能向他保证和你离婚。”

“另外呢？”

吉娣几乎找不到自己的声带。

“另外……这种事，叫我怎么说得出口嘛，查理……你要答应在两案判离确定后一星期之内和我结婚。”

Chapter 25

他哑然片刻。接着，他再次牵起她的小手，轻轻按捏。

“告诉你好了，亲爱的，”他说，“无论发生什么事，我们绝对不宜把桃乐蒂扯进来。”

她茫然望着查理。

“我不懂。怎么能不扯到她？”

“这个嘛，天下人这么多，我们不能只考虑到自身。你知道，假如时空允许，我最殷切的愿望是娶你。可惜这是不可能的事。我懂桃乐蒂的心：天塌下来，她也不会离婚。”

吉娣吓坏了，又开始哭。查理站起来，在她旁边坐下，一手搂上她的腰。

“尽量别伤心嘛，亲爱的。我们绝对要保持冷静。”

“我还以为你爱我……”

“我当然爱你啊，”他柔声说，“你怎能在这时候怀疑我呢？”

“如果她不和你离婚，沃特会把你列为共同被告。”

他拖了半晌才搭腔，语气缺乏感情。

“那当然会断送我的事业前途，不过，对你也不会有太大的利益。如果情况恶化到最糟糕的程度，我会全盘向桃乐蒂招认，她会心痛万分，会失魂落魄，不过她一定能原谅我。”他想到一个点子，“从实招来未必不是上策。假如她去找你先生，动之以情，我敢说她能对沃特施压，劝他别张扬。”

“这表示，你不希望她和你离婚喽？”

“我嘛，我有三个儿子，总不能不为他们着想吧？人之常情是，我不想让她不开心。我和她的相处一直很融洽，她对我是个尽心尽力的好妻子，你是知道的。”

“那你干吗对我说她对你毫无意义？”

“我从来没说过这种话。我说我不爱她。我们分床睡好几年了，偶尔才亲热一下，例如在圣诞节，或在她回英国前一天、她回香港时。她不是在意这种事情的女人。不过，我和她一向是知心好友。我不介意告诉你，我对她的依赖之多，超出外人的想象。”

“那你一年前为什么勾引我？”

恐惧心猖狂到她呼吸困难，她居然能平心静气地讲这句话，她自己都觉得奇怪。

“你是我多年来见过的最漂亮的小可爱，我情不自禁疯狂爱上你。你怎么能怪我不好？”

“你刚刚不是才说你绝不会让我失望？”

“是啊，天哪，我的确不想让你失望。我们捅出一个大娄子了，我一定竭尽所能救你脱身。”

“而你唯一不肯做的是最明显、最自然的一件事。”

他站起来，回自己的办公椅。

“我亲爱的，你一定要拿出理性。我们最好开诚布公面对这状况。我不想刺伤你的心，不过我非告诉你实话不可。我的事业心非常重。假以时日，照理说我可以升任总督。总督的位子是一大肥缺啊。除非我们能息事宁人，否则我想升官，门都没有。就算我不被逼退公职，头上也会被盖黑章，永远洗不掉。如果被逼退了，在本地有交情的我只好在中国做生意。无论走上哪条路，我唯一的胜算是留住桃乐蒂。”

“你不是说全天下你最想要的是我一个？讲这种假话有必要吗？”

查理的嘴角往下掉，露出暴躁之意。

“唉，我亲爱的，男人被爱冲昏头了，讲的话怎能照字面意思去诠释？”

“所以你讲的不是真心话？”

“当时是真心。”

“如果沃特休妻，我怎么办？”

“如果我们真的站不住脚，我们当然不辩解，这样一来，事情就不会闹上台面。而且，现代人的心胸满开放的。”

吉娣首度念及母亲，打了一阵寒战。她再次望向查理。她的心痛现在夹杂一股憎恨。

“我相信，我吃到的苦头，你一定不必忍受。”她说。

“如果光讲一些伤和气的话，我们是讨论不出结果的。”他回应。

她绝望地哀号一声。全心付出爱他，却又对他怀抱如此深厚的怨，她心里很难受。他不可能体会他对她的意义多深远。

“唉，查理，你不晓得我多么爱你吗？”

“可是，亲爱的，我也爱你啊。可惜我们不是生活在荒岛上，遇到不利的客观环境，一定要想尽办法脱身才是。你真的应该理性一点。”

“叫我怎么能理性？对我来说，本来我们的爱代表一切，你是我一生的寄托。没想到，对你来说，这只是一场露水情。发现这种事，心情不好受啊。”

“你我当然不是一场露水情。不过你要了解，我妻子在我心中的分量很重，你叫我劝她离婚，又叫我不惜自毁前途娶你，你的要求未免太多了。”

“不会比我愿意为你做的牺牲还多。”

“你我的情况不能相比。”

“唯一的差别在于你不爱我。”

“男人可以在不想终生厮守的情况下深爱女人。”

她匆匆望一眼，绝望顿时攻心，斗大的泪珠顺着脸颊滚落。

“唉，多残酷啊！你怎么能这么绝情？”

她开始歇斯底里地痛哭。他朝门口瞄一眼，神态焦虑。

“我亲爱的，尽量克制一下嘛。”

“你不明白我多爱你，”她哽咽着，“没有你，我活不下去。你难道对我不怜悯？”

她再也说不出话了，毫不克制尽情哭。

“我不想表现得无情，天知道我也不想刺伤你的心，不过我非告诉你实话不可。”

“我的一生就这样毁了。你当初为什么不能放过我？我从来没有伤害过你。”

“好吧，如果能让你心里舒坦一点，尽量把所有过错推到我身上也无所谓。”

怒火在吉娣胸中猛然爆开。

“对啊，当初是我对你投怀送抱。对啊，当初是我再三哀求，吵闹不休，你才让步接受我。”

“我可没这样讲。不过，当时若非你彻底表明准备做爱的心意，我绝不会考虑和你做爱。”

唉，可耻啊！她知道他句句属实。现在他的脸色转为阴郁忧愁，两手急躁地动来动去，懊恼的目光不时抛向她。

“你先生不肯原谅你吗？”一会儿之后他说。

“我没问过。”

他本能地握拳。她见到他的嘴唇抿住了心烦想骂人的冲动。

“你为什么不去找他求饶呢？如果他真如你说的那样爱你，他一定能宽恕。”

“你对他的认识太浅了！”

Chapter 26

她擦干眼睛，尽量强打起精神。

“查理，如果你抛弃我，我不如死了算了。”

她被迫变换策略，对查理动之以情。早知如此，一开始她就应该对他吐实才对。如果他得知她的另一条出路是霍乱乡，必定能激荡出他的雅量、正义感、男子汉气魄，他一定排除万难，只考虑她的安危。她多么迫切渴望那双亲爱的手臂能保护她！

“沃特要我陪他去湄潭府。”

“咦，那县城正在闹霍乱吧，五十年来最严重的一次。女人家去不得吧。你不可能去那种地方。”

“如果你让我失望，我只好去了。”

“什么意思？我不懂。”

“湄潭府的传教士医生死了，沃特想去接任，要我陪他一起去。”

“什么时候？”

“现在。马上。”

查理・陶恩森把办公椅往后推，以困惑的眼神看着她。

“可能是我糊涂了，我怎么听也听不懂你在讲什么。如果他要你陪他去，他为什么提离婚？”

“他给我两个选择。我不去湄潭府，他就提出告诉。”

“哦，我懂了。”查理的语调出现微乎其微的转变，“他的反应相当高尚，你不觉得吗？”

“高尚？”

“他自愿下乡，精神可嘉。换成我，我推却都来不及了。当然，事后如果他回来了，他会获颁圣米迦勒及圣乔治勋章。”

“可是我呢，查理？”她哭喊着，语带苦闷。

“你嘛，我在想，如果他要你陪同，以你的处境，我看不出你能怎么拒绝。”

“去是死路一条，绝对必死无疑。”

“少来了，夸大其词嘛。如果他认为你会死，怎么可能想带你去？你受到的风险不会比他大。说实在话，如果小心一点，风险其实大不到哪里去。香港闹霍乱期间，我也在这里，没有妨碍到我。你只要记住，不能吃没煮熟的东西，水果或生菜沙拉之类的食品碰不得。水一定要烧开了才能喝。”他越讲越有自信，言辞顺畅，神情的阴郁也稍减，多了一股抖擞，几乎变得风趣起来，“毕竟，这是他的本行，不是吗？他对病菌有兴趣。想想看，对他来说，这个机会很不错。”

“可是我呢，查理？”她再问一次，苦闷现在换成了惊愕。

“理解男人心的最佳方法，就是从他的观点去设想。从他的角度看，你是个顽皮的小捣蛋，他不想让你受伤。我本来就一直以为，他绝不会想休妻，他不是那一型的男人。不过，他提出一个自认非常宽容的条件，你却不依，拒绝接受。我不想责怪你，不过，说真的，念在所有人的好处，我认为你应该好好再考虑一下。”

“可是，我这一去必死，难道你看不出来？他想带我去，正是因为他知道我不可能活着回来，你难道不懂？”

“唉，我亲爱的，别讲这种话嘛。我们的处境够别扭了，现在真的没有胡闹的闲工夫。”

“你是横了心不想懂。”她多么心痛！多么畏惧！她多想尖叫，“你不能叫我去送死啊。如果你不爱我，不怜悯我，至少也能以普通正常人的心来替我着想。”

“你讲这种话，不会太强人所难吗？就我理解，你丈夫表现得非常宽宏大度。如果你肯让他原谅你，他是愿意的。他想带你离开是非圈，今天正好碰到这机会，能带你远离他乡几个月，不会再惹事。我不讳言，湄潭府不是什么有益身心的度假村，不过，抗拒总不是办法。事实上，抗拒是下下策。我相信，发生瘟疫时，被吓死的人和病死的人同样多。”

“不过，我现在好害怕啊。沃特提起湄潭府时，我差点昏倒。”

“乍听之下，我相信心头会一惊，不过平心静气再考虑考虑就没事了。这种经验不是人人能有的。”

“我还以为，我还以为……”

她苦闷得摇摆身子。他不语，脸再次蒙上阴霾。直到最近，她从没见过他这副神态。吉娣现在不哭了，眼睛无泪，情绪镇定，嗓音虽偏低沉，语调仍平稳。

“你希望我去？”

“没有选择余地了吧？”

“没有吗？”

“干脆现在告诉你好了，如果你丈夫诉请离婚胜诉，以我的处境，我无法娶你。”

经过半晌吉娣才反应，他必定觉得像过了一个世纪。她缓缓起立。

“我不认为我丈夫真的考虑提出告诉。”

“天哪，那你干吗拿官司吓得我失魂落魄？”他问。

她冷冷望着他。

“他知道你会让我失望。”

她沉默下来。学外语练习阅读时，见到一整页天书，起初看不懂，后来才渐渐有一字或一句提供线索，稍能读出端倪。现在吉娣也隐约有类似的感觉。忽然间，一道怀疑掠过混沌的脑海，她隐约由此知悉沃特心思的运作原理，正如闪电划过黑黝黝的天地，霎时照亮地上的景象，瞬间又受夜色掩盖。她见到的事物令她哆嗦。

“他会那样威胁我，原因只有一个：因为他知道你会原形毕露，查理。奇怪，他对你的判断真精准。赶着我去面对美梦破灭的痛苦，这太符合他的个性了。”

查理低头看着桌面上的吸墨纸，微微蹙眉，嘴形带愠怒。但他没回应。

“他知道你爱面子、懦弱、追求私利。他希望我亲眼见你的真面目。他知道你一见危险，会立刻像兔子一样跳脱。他知道我上当多严重，知道我误信你爱我，因为他知道你只爱自己，没有爱别人的本事。他知道你为了自保，眼都不眨一下就会牺牲我。”

“如果恶意中伤我能带给你满足感，那我大概也无权抱怨。女人总是不公平，常有办法把过错推诿到男人这边。不过呢，反过来说也不无道理。”

她不理会他的插话。

“现在，他对你的了解，我全认清了。我现在知道你狠毒绝情，知道你自私，自私到言语无法形容。我知道你像小白兔一样没胆，知道你是骗子，是伪君子。我知道你是彻底无耻。而最悲哀的是……”她倏然满面苦痛，“悲哀的是，尽管如此，我依然全心爱着你。”

“吉娣。”

她苦笑一声。这名字出自雄浑的嗓音，能融化芳心，他喊得不费工夫，意义却稀薄得可怜。

“你是笨蛋。”她说。

被冒犯了，他陡然畏缩，脸红，无法摸清她的态度。她面对他的表情带有一丝好气又好笑。

“你渐渐开始讨厌我了，对不对？好啊，尽管讨厌我吧。反正现在我觉得没差别了。”

她开始戴上手套。

“你接下来有什么打算？”他问。

“哎哟，别怕，伤害不到你啦。你会平平安安的。”

“看在上帝的分上，别讲这种话，吉娣，”他说，低沉的嗓门略带焦虑，“你必须了解，和你有关的一切都和我相关。事情的发展如何，我全急着想知道。你打算怎么回应你丈夫？”

“我想告诉他，我准备陪他去湄潭府。”

“也许听你一答应，他就不会再坚持。”

此言一出，他不知为何吉娣以诡异的神情看他。

“你不是真的害怕？”他问她。

“对，”她说，“你激发了我心中的勇气，能进霍乱疫区的确是独一无二的经验。如果我死了，那——死了就死了。”

“我刚刚已经尽可能对你仁慈了。”

她再看他一眼，泪水再次盈眶，心中百感交集。几乎难以抗拒的冲动是飞扑进他怀抱，四唇相贴。然而白费力气。

“如果你想知道的话，”她说，尽量稳住语调，“我与心死和恐惧同行。沃特阴险狠毒的心思究竟有什么盘算，我不清楚，不过我怕得直发抖。我在想，也许一死真的能获得解脱。”

她觉得再也无法自抑下去了。她快步走向门口，在他来得及离开椅子之前，自行开门出去。查理长叹一口气，如释重负。他迫切想来一杯白兰地苏打。

Chapter 27

她回家时，沃特也在。她本想直接回房间，但他在楼下玄关交代小弟几件事。她魂不守舍，乃至于欢迎她躲不掉的羞辱，驻足面对丈夫。

“我愿意陪你去那地方。”她说。

“哦，好。”

“你要我几时准备好？”

“明天晚上。”

不知哪来的蛮勇精神钻进她的心。沃特冷漠的态度宛如矛尖刺人，于是她讲了一句连她自己也讶异的话。

“带几件夏季服装，加一条裹尸布，就够用了吧？”

她观察着他的脸，知道这句轻佻话激怒了他。

“我已经吩咐你的阿嬷打包你需要的东西。”

她点点头，上楼回自己房间，面如白纸。

Chapter 28

终于快抵达目的地了。他们坐着轿子，日复一日，沿着永无边界的稻田，在狭窄的田埂上前进。这一行人在破晓时分出发，走到溽暑难耐才躲进小客栈，然后再动身，直到抵达已安排夜宿的城镇。吉娣的轿子带头走，沃特的轿子紧跟在后，后面拖着一列奋力想跟上的队伍——搬运寝具、物资、器材的苦力。越过田野的过程中，吉娣视而不见。漫漫长路上，众人不语，偶然只听见轿夫讲话或唱一段土歌。在办公室与查理对质的辛酸场面不断在痛苦的脑海里翻腾。她回忆查理所言，回忆她对查理说的话，发现内容枯燥，近似讨论公事，如今更令她幻灭。她未能说出心中话，也未能以她想用的口吻倾诉。倘使她能让查理认清她心田里的无限情意和无助，他绝不可能寡情到任她自生自灭。查理是在不知情的状况下，才如此对待她。查理说他完全不在乎她时，她几乎不相信自己的耳朵，他的反应比言语更嘹亮。她被吓傻了，所以最后甚至哭不出来。之后，她哭了，哭得惨兮兮的。

住客栈时，夜里她和沃特共睡大客房，沃特睡在数公尺外的行军床上，她意识到自己睡不着，只好猛咬住枕头，以免哭出声响。但在白天，轿子有帘子遮掩，她能尽情痛哭。她的心痛剧烈到她能以最大音量尖叫，她从不知道人类能受这么大的苦，更拼命问自己造了什么孽。她苦思不出查理不爱她的原因：她猜是她自己的错，但是，她已经是使出浑身解数取悦他了。偷情时，两人的相处总是如胶似漆，欢笑连连。他们不仅是情人，更是挚友。她百思不解，身心俱碎。她告诉自己，她痛恨、鄙视查理，但假使今生无缘再见他一面，她不知如何活下去。如果沃特想以湄潭府惩罚她，那么沃特是自讨没趣，因为如今她哪在乎生死？再活下去也没意义了。人生在二十七岁便走到终点，令人扼腕。

Chapter 29

汽轮上西江的航程中，沃特持续阅读，但在用餐时，他会尽力找话谈，口吻犹如陌生人，把她视为恰巧搭同一艘船的乘客，聊着不痛不痒的话题。吉娣猜他是基于礼貌心，或者他想借此扩大两人之间的鸿沟。

她豁然明白沃特为何催她去找查理了。沃特开给她的条件是，不去湄潭府，就等着吃离婚官司。沃特的用意是希望她见识一下查理多么无情、懦弱、自私。沃特具有尖酸的幽默感，出这一招合乎他的本性。沃特早料到谈判有何结果，所以在她回家前就交代她的阿嬷打包。她在沃特眼里见到了蔑视的目光，被蔑视的人不仅是她，也包括情夫在内。沃特或许在心中说，假如他和查理对调位置，山崩地裂也无法阻挠他牺牲自我以讨好芳心。她心知这也属实。但她眼睛睁开时，她又困惑了。沃特明知湄潭府吓得她魂飞魄散，为何逼她相伴？起初，她以为沃特只想耍弄她一下，等到即将动身——或上路之后，等到他们下船上轿越野前进时，她还以为沃特会以他惯用的态度小笑一阵，叫她不必陪他去了。她摸不清沃特的盘算。沃特不可能希望她死。沃特曾经执着爱着她。她现在明了爱的真谛了，也记得沃特爱慕她时显露的万千迹象。对他而言，套一句法国成语，她确实能“招晴唤雨”。他在心中必定仍爱她。被爱慕对象无情对待，就会停止爱对方吗？她让沃特吃的苦比不上查理让她吃的苦，但假如查理对她发出信号，她吃的苦再多，即使她已经认清他的真面目，她照样抛弃一切，投奔他的怀抱。即使查理对她弃之如敝屣，即使查理阴险薄情，她仍爱着他。

起初她以为，只要她静静等候事过境迁，沃特总有一天会饶恕她。她原本自信太高，以为仍能掌控沃特，不信沃特永远不再爱她。万水浇不熄情火。沃特如果爱她，如果觉得非爱她不可，必定会心软。但现在，她不太能确定了。夜里，在客栈，沃特坐在直背黑木椅上阅读，防风灯照在他脸上，她能好整以暇观察他。她躺在即将在湄潭府铺成床的板条上，置身暗处，望着沃特的脸，平直端正的五官令他的表情显得严厉，她几乎无法相信他有时能变出甜美的笑容。他能平心读书，把她当作远在天边；她看着他翻页，看着他的眼珠逐行游移。而沃特现在不把她放在心上。餐具摆好，晚餐上桌时，沃特放下书，瞄她一眼（不知他自己的神态在灯火下无所遁形），她赫然发现他目光含有齿冷的意味。是的，她见状心惊。他的爱有可能一滴不剩吗？难道他真的意在置她于死地？荒谬。这无异于狂人行径。她不禁通体漾起异样的寒意，因为她想到，也许沃特其实精神不太正常。

Chapter 30

她的轿夫沉默已久，这时忽然交谈起来，其中一人转头，讲着她听不懂的话，对她比手势，以吸引她注意。她往轿夫指的方向瞧，见到小山上有一道拱门。她现在已知道，那是一种牌坊，纪念的是状元或贞节寡妇。下船后，他们已路过许多牌坊，但这一座不同。被西斜的太阳从后照射，这座牌坊的轮廓比她见过的任何一座更豪华壮丽。然而，不知何故，她越看越心慌。她感应到牌坊传达的底蕴，但她无法形诸文字：她隐约意识到的究竟是威胁还是讥讽？途经一丛竹林，竹身竹叶低垂于田埂上方，模样怪异，仿佛想拦住她。夏夜尽管无风，狭长的竹叶仍轻轻颤，给她的感觉是有人躲在竹林观察她路过。现在，轿子抬到山脚，稻田不复见。轿夫昂首阔步起来，轿子随步伐晃动。密集的绿色突起物覆盖着小山，紧密相依着，地面看似退潮后的海沙。她也知道这是什么，因为他们每经一座大城，在城外必定会见到类似的景象：墓园。现在，她终于了解轿夫为何指向山顶的牌坊：旅途的终点到了。

鱼贯穿越牌坊后，轿夫歇脚，换肩扛轿杆，其中一人以脏抹布擦脸。田埂往下坡延展，路旁是一栋栋老朽的民房。夜幕正逐渐低垂。这时，轿夫突然激动起来，叽喳讲着话，轿子蹦一下，吓她一跳，只见轿夫纷纷贴墙站着。一会儿后，她得知了惊动轿夫的是什么。她见轿夫靠墙站，交谈着，这时有四名庄稼汉经过，默默快步走，抬着一具未上漆的新棺，木头在渐深的夜色中亮着白光。受惊的吉娣心脏撞击着肋骨。棺材通过了，轿夫却仍不肯走，似乎鼓不起前进的意志力。后方传来吆喝声，他们才动起来。轿夫现在不讲话了。

再走几分钟，轿夫急转弯，进入一道敞开的院子门。轿子触地，她终于到了。

Chapter 31

他们在湄潭府的住处是独栋小屋。她踏进起居室，坐下，等着苦力拖曳脚步搬行李进来。沃特在庭院指挥行李放置地点。她非常疲惫，赫然听见陌生嗓音。

“方便我进门吗？”

她脸红起来，随即翻白眼。她已经筋疲力尽，遇到陌生人更加紧张。低矮狭长的起居室里仅有一盏套着灯罩的油灯。陌生男子进门，从暗处冒出来，对她伸出一手。

“敝姓瓦丁顿，副局长。”

“哦，是关税局。我知道。我听说你住在这地方。”

在昏暗之中，她只见对方是个瘦小的男人，不比她高，秃头，脸小而白净。

“我就住在山脚，不过你们从这条路上山，一定没看到我家。我猜你们一定走累了，没法子下山让我招待，所以我指示下人在你们家做饭，而我不请自来。”

“我很乐意。”

“你会发现，这厨子还不赖。我替你们留住了华森的几个男仆。”

“华森就是以前那位传教士吗？”

“对，非常善良的一个人。如果你愿意，明天我可以带你去看他的坟墓。”

“你太亲切了。”吉娣微笑说。

此时，沃特进来。在瓦丁顿进来认识吉娣前，他已向沃特自我介绍过。瓦丁顿这时说：

“我刚向夫人报告说，我想和你们一起吃饭。自从华森死后，我不太找得到聊天的对象，只能和修女聊，可惜我讲法文词不达意，而且能和修女聊的话题有限啊。”

“我已经吩咐小弟端酒进来。”沃特说。

用人端了威士忌苏打进来，吉娣注意到瓦丁顿频频为自己添酒。从他的谈吐，从他动不动嘿嘿笑的模样，她判断瓦丁顿进门前已有些许醉意。

“祝各位幸运，”他说。接着，他转向沃特，“你来本地可有的忙了。这里的居民一个接一个翘辫子。县长急慌了，维持秩序的余上校为防范打劫，也忙到昏天黑地。如果近日情况再不见好转，我们恐怕会在睡梦中被杀害。我劝过修女，催她们快走，她们当然不听喽。可恶啊，她们个个都想壮烈成仁。”

他的语调轻松，嗓音里带有鬼笑的味道，令人听他讲话时不微笑也难。

“你为什么留下来？”沃特问。

“我嘛，我的部属半数没了，剩下的随时准备躺下去等死。总不能没人坐镇管事嘛。”

“你有没有打过预防针？”

“有。华森帮我打过。不过他也帮他自己打了一针，结果还是死了，可怜的家伙。”瓦丁顿转向吉娣，逗趣的小脸皱成欢乐的一团，“只要你采取周全的预防措施，被传染的风险其实不大。牛奶和水一定要煮开，鲜果和生蔬菜吃不得。你有没有带留声机唱片来？”

“好像没有。”吉娣说。

“好遗憾。我正盼望你们带唱片来。我自己的唱片听烦了，好久没新唱片可听。”

小弟进来询问是否可以上晚餐了。

“你们今晚不特别打扮吧？”瓦丁顿问，“我家小弟上礼拜死了，现在的小弟呆头呆脑的，所以我晚上就随便乱穿了。”

“我这就去脱掉帽子。”吉娣说。

她的房间和这一间隔墙而立，里面几乎空无家具，一位阿嬷正跪地打开吉娣的行李，身旁有一盏灯。

Chapter 32

饭厅很小，一张巨桌盘踞大半，墙上有几幅圣经雕刻画和金银佳句画。

“传教士习惯坐大餐桌，”瓦丁顿解释，“他们每生一个小孩，每年就多一笔补助金，所以结婚时，桌子就买大一点，好让将来出生的小孩不愁没位子坐。”

天花板下垂挂一大盏石蜡油灯，吉娣能借灯光看清瓦丁顿的长相。童山濯濯的秃头令她误以为瓦丁顿年纪一大把了，但在灯光下一看才发现，瓦丁顿顶多三十过半。瓦丁顿的脸小，额头圆凸，无皱纹，气色清新，长相虽丑陋如猿猴，但这种丑不无魅力，相貌讨喜。瓦丁顿的五官，特别是口鼻，不比儿童大多少，蓝眼珠小而烁亮。他的金色眉毛稀疏，看起来像是滑稽的小老童。他不停为自己添酒，晚餐进行中，显而易见他的醉意已深。然而，他就算醉了也不讨人厌，态度依然快活，犹如趁牧羊人熟睡时偷酒囊的羊男怪兽。

瓦丁顿提起香港。他在香港朋友众多，想打听友人的近况。去年他南下香港看赛马，提到养马人。

“对了，查理·陶恩森最近怎样？”他突然问，“快当上辅政司了吧？”

吉娣自觉脸红起来，但丈夫的视线没有转向她。

“指日可待吧。”沃特回答。

“他就是步步高升的那种人。”

“你认识他？”沃特问。

“认识，我跟他很熟。我们有一次一起回国。”

河的对岸传来敲锣声和爆竹声。对岸的大县城近在咫尺，正面临惊涛骇浪，无情的死神横扫过蜿蜒的街道。但瓦丁顿开始谈伦敦。他提起剧场，当前上演的每一出戏，他无所不知。他也细数自己放假返乡看过的所有戏，笑着回忆某位笑闹喜剧演员的幽默，想起音乐喜剧当家花旦的美貌而兴叹。他有位亲戚娶回颇负盛名的女星，他欣然拿出来吹嘘，说她曾和他共进午餐，并送他一张相片。改天沃特和吉娣来关税局，他可以拿出来炫耀。

沃特冷眼看着客人，带反讽意味，显然丝毫不觉得他有何趣味可言，但沃特努力对这些话题显露兴趣，以示礼貌，而吉娣明了，沃特对这些东西一无所知。淡淡的浅笑逗留在沃特的嘴上。但吉娣不知为何，心中充满敬畏。在病故传教士的家中，彼岸是霍乱猖獗的县城，这三人似乎与外界相隔十万八千里。三个孤立的生物，彼此是陌生人。

晚餐后，她起身：“不介意我就此道晚安吧？我准备就寝了。”

“那我这就告辞吧。我猜大夫也想睡了，”瓦丁顿说，“我们明天一大早得出门。”

他和吉娣握手，立姿相当稳，目光比刚才更加闪亮。

“我明早会过来接你，”他告诉沃特，“带你去见县长和余上校，然后我们去修女院。不瞒你，你这下子可有的忙了。”

Chapter 33

这一夜，她饱受连番怪梦折腾。她梦见她坐在轿子里，轿夫迈步走，步伐不均匀，她能感受轿子的晃动。轿子载着她经过几座大城市，环境幽暗，好奇民众争相看着她。窄街蜿蜒，路旁有几间商店，陈列奇怪的商品，轿子经过时，买卖双方都驻足，人车也停止动作。接着，她来到牌坊下，华丽的轮廓倏然如怪兽般活了过来，险恶的线条宛如印度教鬼神挥舞着手臂。通过牌坊之际，她听见阵阵嘲笑的回音。但随即，查理·陶恩森走向她，拥她入怀，抱她下轿子，说他错了，他不是故意绝情对待她，因为他爱她，没有她活不下去。她感觉他的吻落在嘴唇上，喜极而泣，问他为何狠心对待她。嘴巴虽这么问，其实她知道这些事不重要。随即，陡然冒出沙哑的呼喊声，两人被拆散了，从中噤声快步通过的是穿着褴褛蓝衣的苦力，扛着棺材。

她陡然惊醒。

他们住的小屋坐落于陡峭的半山腰，从她的窗户可俯瞰细窄的河流，对岸是县城。天刚破晓，河面飘起一缕白雾，笼罩停泊岸边的中国式帆船。小船紧凑，宛如豆荚里的豌豆，共有数百艘，全沉静无声，在幽光中显得神秘，令人认为船夫全着魔了，让小船如此静肃的因素并非睡意，而是诡异可怕的魔力。

朝阳冉冉升起，照耀在水雾上，反射白光，犹如覆盖在垂死星辰上的薄雪。河面上有日光，依稀能辨别帆船簇拥的线条和密密麻麻林立的桅杆，但在前方，另有一道闪亮的墙壁，肉眼无法透视。霎时，那层白云飘散，显露一座高大阴森而雄伟的碉堡。这座建筑之所以露脸，不仅是因在太阳之下无所遁形，更像是被魔杖点了一下，拔地而起。碉堡在河岸上矗立，是残暴野蛮民族的据点。但造碉堡的魔法师动作快，顶端出现一小块彩色的墙壁。不消几分钟，破迷雾而出的是一群黄绿相间的屋顶，规模浩瀚，其中几间被旭日黄光钦点。这丛房舍似乎有些庞大，看不出有何模式可循，若有秩序也无从分辨，散乱而缤纷，却也不无一分无法想象的繁复兴盛。这一座不是堡垒，不是寺庙，而是鬼神皇帝的神殿，严禁凡人进出。这座神殿似镜花水月，太奇形怪状，缺乏实质架构，不可能出自凡人之手，是睡梦编织出的布料。

两行泪水滑落吉娣的脸，她凝望着，双手交握于胸前，嘴巴因屏息而微张。她从未觉得心如此轻盈，感觉仿佛肉身是空壳子，掉落在脚边，她成了精灵。眼前的东西是美，她接受了，犹如在教堂含下代表上帝的圣饼。

Chapter 34

由于沃特一早出门，只回家半小时吃午餐，直到晚餐快上桌才下班，大部分时间吉娣都觉得孤单。有几天，她足不出户，天气炎热，她便开着窗户，躺在靠窗的长椅上，试着读书。正午的强光夺走了神殿的神秘风味，如今神殿不过是城墙上的一间庙，俗丽而残破，但因为她曾在狂喜的情况下见过，这座庙再也不平凡。通常在黎明或破晓时分，或在入夜后，不知不觉中，她能重拾最初的那份美。她原先以为是雄伟碉堡的建筑，其实只是城墙，巨大而黑暗，她经常看得目不转睛。城垛之内是瘟疫正张牙舞爪的县城。

她略知县城正发生什么惨事，但消息来源不是沃特。沃特平常对她惜言如金，经她一问，他常以幽默淡然处之，她听了一阵寒意顺着脊椎骨往下蔓延。她的消息来源是瓦丁顿和阿嬷。据说，县民正以每天一百人的速度病逝，染上霍乱的人几乎无一能幸免于难。县民从荒废的寺庙请神出面，摆在街头上，神像前堆着供品和献祭，疫情却依旧延烧。由于死亡人数暴增，根本来不及下葬。有些家庭因全家惨遭霍乱灭门，甚至无人出面办丧事。幸好有干练的余上校指挥士兵，凭魄力镇守全城，情势才不至于陷入纵火暴乱。他逼迫士兵尽快埋葬死尸，曾有一名军官在灾户门前踯躅不前，遭上校亲手枪毙。

吉娣有时畏惧到心一直往下沉，四肢不住颤抖。只要预防措施做得妥当，染病的风险其实很小，这种话口头说说很容易，但她已恐慌到丧胆。她不停地在脑海里推演千奇百怪的逃生计划。想逃命，只为了逃离湄潭府，她准备就这样只身一走了之，除了一身衣物，不带行李，逃到安全的地方。她考虑过投靠瓦丁顿，对他说出隐情，恳求他发慈悲心，协助她回香港。如果她跪到丈夫跟前，承认她怕了，即使丈夫现在恨她，他必定仍有足够的人性，还能怜悯她。

可不可能。一走了之，能逃去哪里？又不能投靠母亲，母亲已经明确表态过了，把女儿嫁走之后，她从此无事一身轻。何况，她也不想投靠母亲。她想去找查理，而查理不要她。可想而知，她如果冷不防出现在他面前他将有何反应。她能想见查理会摆臭脸，迷人的眼睛遮掩着老练冷硬的本性，难以思考出好听的话来敷衍她。她握紧拳头。假如能以查理羞辱她的方式回敬他一顿，她将不惜牺牲一切。有时候，她的想法钻牛角尖，但愿当初答应让沃特休妻，一举毁掉她，只盼能和他玉石俱焚。当她回想起沃特的措辞时，羞惭得脸红。

Chapter 35

第一次和瓦丁顿独处，她把话题引至查理。她和沃特初抵湄潭府的当晚，瓦丁顿曾主动提起他。她当时假装查理只是丈夫的点头之交。

“我一向不太喜欢他，”瓦丁顿说，“我总觉得他很无聊。”

“你一定是个很难讨好的人吧！”吉娣回应，以她能轻易佯装的爽朗、娇嗔口气道，“我猜啊，在香港，他的人缘之好，远远超过所有人。”

“我知道。那是他的拿手绝活。他写得出一本人缘学。他的天赋是让他认识的每个人以为自己是他全世界最想见到的人。碰到举手之劳，他总是乐于做人情，即使是办不到，他也会设法让对方以为他办不到是因为这事超出人力范围。”

“这种个性绝对吸引人。”

“如果空有魅力，其他该有的特质全没有，最后会变得有点烦人吧？我认为。终于能和一个不是那么快活却多了一分诚意的人相处，总算松了一口气。我认识查理·陶恩森好几年了，有一两次见到他摘掉面具。我嘛，不过是关税局的次级官，小虾米一只。我知道他懒得理全世界的人，只关心个人利益。”

吉娣闲倚在椅子上，以浅笑的眼神望着他，不停转动着套在指头上的婚戒。

“他当然会步步高升喽。升官用的绳索，他全知道怎么掌握。我完全相信，在我死之前，铁定有机会称呼他总督大人，在他一进门的时候起立致敬。”

“多数人认为他值得步步高升，大家公认他的办事能力一流。”

“能力？胡说八道！他是个笨得透顶的人。他给人的印象是动作很快，办事全靠精明干练的头脑。才没那回事呢！他其实跟欧亚混血职员一样勤劳。”

“既然这么说，他的风评为什么是头脑灵光？”

“世界上的笨蛋满街跑，如果碰到不爱摆架子的高官拍拍他们的背，告诉他们说，他愿意帮忙帮到底，他们就极有可能认为他很聪明。话说回来呢，他的老婆也是一大功臣。她的能力才是一把罩。她设想周到，劝告总是值得采纳。只要查理·陶恩森有老婆依靠，他大概永远不会做傻事，安全得很。在公家机关想升官，这一点是首要准则。政府才不想用聪明人当官；聪明人的想法太多了；点子王常惹麻烦。政府要的是有魅力、处事圆融、永远不失足的人。所以说啊，查理·陶恩森总有一天能爬到山顶。”

“我不懂，你为什么不喜欢他呢？”

“我哪有不喜欢他？”

“可是，你比较欣赏他老婆吧？”吉娣浅笑。

“我是个守旧的矮子，喜欢有教养的女人。”

“但愿她的服装品位和教养同样好。”

“她的服装没品味吗？我倒没留意到。”

“我老是听说，他们是恩爱的一对。”吉娣说，目光隔着睫毛瞧着他。

“老婆是他的宝贝，我可以称赞他这一点。我认为，这是他最可取的长处。”

“这种夸奖好冷。”

“他偶尔是会打情骂俏啦，不会当真。他太狡猾了，不会逢场作戏到为自己添麻烦的地步，何况他不是一个热情的男人，他只是爱慕虚荣，喜欢仰慕的眼光。他现在四十岁，胖了，日子过得太安逸，不过，他刚到香港时，外表非常英俊潇洒。我常听他老婆调侃他拈花惹草。”

“他打情骂俏，老婆不生气啊？”

“才不会呢，老婆知道逢场作戏不会有什么进展。她说，她希望能和爱上查理的那些可怜小东西交交朋友，不过她嫌她们个个都太平凡了。她说，她觉得脸上无光，因为爱上她老公的女人全是二流货。”

Chapter 36

瓦丁顿告辞后，吉娣反刍着他的无心之语。她刚才听了心里不舒服，不得不努力掩饰心头受到多大的撞击。他的所言句句属实，令吉娣难以接受。她知道查理是傻子，虚荣心强，渴求被吹捧。她记得查理曾告诉她一些小故事，以证明自己智力不输人，难掩沾沾自喜的意味。他以小聪明自傲。对这种男人热情献出她的心，未免太不值得了吧，只因为——只因为他的眼睛好看，身材不错！她但愿能蔑视他，因为只要她对他只有恨，她知道自己离仍爱着他只差一步。摊牌时查理如此对待她，她理应醒悟才对。沃特一向瞧不起他。唉，她多想把查理彻底抛出脑海！陶恩森夫人真的看穿她对查理的迷恋，拿这件事取笑他吗？夫人真的想和她交交朋友，却嫌她是二流货？吉娣淡淡微笑一下：女儿被嫌，如果母亲发现了，会多么愤慨啊！

但夜深时分，她又梦见查理。她觉得查理搂紧她，热吻的激情落在她的嘴唇上。他是不是四十岁的胖子，又有什么关系？她带着柔柔爱意，呵呵笑了下，因为他自己很在意。查理有这种童稚的虚荣心，更令她加倍爱他，可以为他感到委屈，可以安慰他。她醒来时，泪水正从眼睛涓流而下。

睡梦中落泪有什么好悲哀的？她不懂。

Chapter 37

她每天见到瓦丁顿，因为瓦丁顿下班常上山来费恩家。如此往来一星期，两人熟稔程度之深，若在其他环境下几乎无法达成。有一次，吉娣对他说，如果没有他，她一定找不到事情做。他笑答：

“告诉你好了，在这地方，默默脚踏实地的人只有你和我两个。修女她们走在天堂里，而你丈夫——走在黑暗里。”

虽然她以不经心的一笑回应，心里却忖度着此言的含义。她觉得，瓦丁顿的欢乐小蓝眼瞄着她的脸，以和善而令人困窘的注意力关注着她。她已发现，瓦丁顿眼光犀利，她和沃特的关系鼓舞了他刻薄的好奇心。让瓦丁顿雾里看花，她别有一分趣味在心头。她欣赏瓦丁顿，明白他对她怀抱善意。他既不妙语如珠，头脑也不见得机灵，但他能洞悉事物，不褒不贬发表感想，饶富趣味，滑稽的娃娃脸顶着大秃头，笑时整张脸皱巴巴，有时使得他的言论更显诙谐至极。他被外放到大英边疆多年，常找不到白皮肤的人交谈，特立独行、无拘无束的条件培养出他目前的个性。他满脑子是天马行空的想法和怪癖。他直言不讳的态度令人耳目一新。他似乎以插科打诨的精神看待人生，以刻薄的言辞揶揄香港殖民地。但他也嘲笑湄潭府的中国官员以及肆虐县城的霍乱。每谈悲剧或英勇事迹，他的口吻必定微带荒诞。他在中国驻扎二十年，奇遇鲜事数不胜数，假使有外星人总结他的遭遇观之，必定认为地球是个非常丑陋、怪异、荒谬的地方。

虽然他否认曾研读中国经书（他信誓旦旦说，汉学家全和三月野兔一样疯），说起中文却流畅无碍。他不常读书，所知全从对话当中吸收。但他常引述中国小说和史书给吉娣听，虽然语调是他惯用的那种满不在乎的戏谑，却讲得幽默，甚至温柔。吉娣心里也许在无意识中认为，他的中国观是——欧洲人全是蛮族，生活愚昧。只身在中国，知情达礼的人或许能在这种观点里看出些许事实。反观吉娣至今听见的说法全是——中国人堕落、肮脏、难以言喻，值得吉娣对比思索，仿佛窗帘一角被掀开片刻，她瞥见的外界色彩缤纷，寓意深远，超出她梦想的境界。

瓦丁顿坐着谈笑，喝酒。

“你不觉得你喝太多了吗？”吉娣大胆对他说。

“酒是我人生中一大乐事啊，”他回答，“何况，酒能预防霍乱。”

告别时，他通常醉醺醺，幸好他醉酒不乱性，变得更风趣，不讨人厌。

有天晚上，沃特提早下班回家，邀请瓦丁顿留下来用晚餐，结果发生一件怪事。他们喝完汤，吃完鱼，小弟端鸡肉上桌，伴随一盘生鲜绿叶沙拉给吉娣。

“我的天哪，你该不会吃那东西吧？”瓦丁顿见吉娣吃沙拉而惊呼。

“吃啊，我们每天晚上都吃。”

“我老婆喜欢沙拉。”沃特说。

瓦丁顿见沙拉递过来，摇头拒吃。

“非常谢谢你，不过我还没考虑要自杀。”

沃特微微冷笑着，也开始吃。瓦丁顿不再多说，多了一股异样的沉默，晚餐结束后不久便告辞。

他们每晚吃沙拉是事实。抵达湄潭府两天后，厨子抱着中国人满不在乎的态度，送沙拉上桌，吉娣不经大脑思考就吃，沃特急忙劝阻。

“你不应该吃那盘。小弟疯了，怎么端沙拉上桌？”

“为什么不能吃？”吉娣问，正面直看着他。

“平常吃沙拉就有危险，现在更是疯子才吃。你会害自己送命。”

“咦，原先的打算不正是这样吗？”吉娣说。

她开始冷静吃沙拉。不知从哪里冒出来的蛮勇扣住她的理智。她以嘲弄的眼光看着沃特。她觉得他的脸色变得稍白，但当沙拉递到他面前时，他也开始吃。厨子发现他们不拒吃，每天都准备沙拉，而有意招惹死神的他们也照吃。走这条险路的举止难以入目。吉娣被霍乱吓坏了，吃沙拉不仅能恶意报复沃特，更能嘲弄内心的恐惧巨兽。

Chapter 38

沙拉事件隔天，瓦丁顿下午来费恩家，坐了一会儿，问吉娣想不想陪他去散步。自从抵达湄潭府至今，吉娣不曾离开院子。她乐意去散步。

“能散步的地方不多，遗憾，”他说，“不过，我们可以往山顶走看看。”

“哦，对，山顶有一座牌坊。我常从阳台上看到。”

小弟为他们开门。他们踏进尘土飞扬的小巷，走了几码，吉娣吓得握紧瓦丁顿的手臂惊叫。

“看！”

“怎么了？”

院子的墙脚躺着一男子，双脚伸直，两手遮头，身上是中国乞丐穿的蓝碎布衣，一头乱发。

“他好像没呼吸。”吉娣倒抽一口气说。

“他死了。走吧，你最好转头别看。等我们回去，我会找人来搬他走。”

但吉娣狂颤到走不动。

“我从没看过死人。”

“那你最好赶快习惯，因为你在离开这座欢喜城之前，还会再看到更多更多。”

他牵起吉娣的手，挽着她，静静走了几步。

“他的死因是不是霍乱？”她终于问。

“大概吧。”

他们继续往上走，直到牌坊入眼帘。这座牌坊精雕细琢，花纹奇形怪状而诡谲，屹立于乡野之中，犹如路标。他们在基座坐下，遥望宽广的平原。这座小山上布满凸起的绿坟，杂乱无章，不见直线，令人以为死者必定在地下相互推挤。狭窄的田埂在绿油油的稻田间蜿蜒曲折。小男童骑在水牛脖子上，慢慢赶着牛回家。三个农人戴着宽檐草帽，肩挑重担，侧身懒懒地走。热完一天，入夜后这里有宜人的清风徐徐吹，一览无余的田园风光带来闲散的忧郁感，滋润受苦的心灵。但吉娣挥不去乞丐陈尸的惨状。

“到处都有人死，你怎么能有说有笑、威士忌照喝呢？”她冷不防问。

瓦丁顿不回答，转头看她，然后一手放在她的手臂上。

“你知道，这地方不适合女人家，”他语重心长地说，“你为什么不走呢？”

她刷着长长的睫毛，斜眼瞄他一下，嘴唇带着一抹幽幽浅笑。

“在这种情况下，妻子本来就应该伴随丈夫身旁，我还以为这是守妇道的行为。”

“我接到电报，得知你会跟着沃特来，我吓一跳。不过后来想想，说不定你当过护士，不把瘟疫看在眼里。我以为你是那种在医院板着脸让病人茶来伸手、饭来张口的护士。结果那天我来认识两位，竟然见到你坐着休息，身子虚弱得很，疲倦又苍白。我看了大吃一惊。”

"跋涉了九天，你总不能指望我神采奕奕吧。"

"你现在看起来也虚弱、疲倦又苍白。而且恕我直言，你也显得郁闷到极点。"

吉娣脸色唰红，因为她无法控制，幸好她能以笑应付，笑声还算欢乐。

"你不喜欢我的表情，那我向你道歉。我看起来郁闷的原因只有一个，就是我从十二岁起，就知道自己的鼻子太长了。不过呢，黯然神伤的容貌非常管用哟，能引来多少贴心青年想安慰我，你难以想象。"

瓦丁顿晶亮的蓝眼珠里的目光逗留在她脸上，她自知对方一个字也不信。只要瓦丁顿假装相信，她也无所谓。

"我知道你们结婚没多久，所以本来认定你和你先生仍在热恋。我不愿相信他叫你陪他来，不过也有可能是，你坚持不肯留在香港。"

"你的解释非常合情合理啊！"她轻松说。

"是合情合理，没错，可惜不是正确答案。"

她等瓦丁顿继续，担心他即将揭穿真相，因为她明白他的洞悉力多强，也知道他心直口快，但她也忍不住想听瓦丁顿对她的看法。

"我死也不信你爱你丈夫。我认为你讨厌他。如果说你恨他，我也不意外。不过，我蛮确定的是，你怕他。"

一时之间，她别开视线。她不想让瓦丁顿看出他说的任何一个字影响到她的心情。

"我怀疑过，你不太欣赏我丈夫。"她语带冷冷的反讽。

"我敬重他。他有头脑，有风骨，而我不妨告诉你，两者兼具的人非常罕见。他在湄潭府忙什么，我猜你不大清楚，因为我认为他对你不是有话就说。如果说，有谁能在霍乱横行的县城只手回天，那人非他莫属。他医治病患，整顿县城的卫生情况，也尽量让饮水变得纯净。再惨的地方他都去，再苦的事他都做。他每天冒的险不下二十次。他把余上校收编为喽啰，劝上校派兵供他差遣。他甚至逼老县长拿出一点魄力，现在县长是真的有心想做事。此外，修女院里的修女也宣誓效忠他，捧他为英雄。”

“你不认为他是？”

“这毕竟是他的任务，不是吗？他是细菌专家，没有非来不可的义务。中国佬死了一地，我倒觉得他不是因此悲悯到献身救人。华森医师就不一样了。华森生前爱世人。虽然他是传教士，他面对基督徒、佛教徒、儒家一视同仁，把他们全当人类看待。你丈夫来湄潭府，不是因为他在乎十万中国百姓死于霍乱，也不是为了科学研究，那他干吗来这里？”

“你最好问他吧。”

“看你们两个相处，我看出兴趣了。有时候我纳闷，没有旁人在，你们两个会有什么样的互动？我在场的时候，你们两个都在演戏，演技岂止差劲透了。假如你们使出浑身解数还演得这么烂，那你们加入巡回剧团的话，一个星期也赚不到三十先令。”

“我听不懂你的意思。”吉娣微笑，继续以轻佻虚饰真心情，但也知道瞒不过对方。

“你是个大美女，丈夫居然从不正眼看你，不奇怪吗？他对你讲话时，好像开口的人不是他自己，而是别人。”

“你该不会认为他不爱我吧？”吉娣压低嗓门，倏然一改轻松的口吻，以沙哑的腔调问。

“我不知道，究竟是你让他排斥到一靠近你他就起鸡皮疙瘩，还是他对你爱火灼热，基于不明原因而不容许自己泄露爱意。我问过我自己，你们两个来这里是不是想自杀。”

沙拉事件发生时，瓦丁顿先是面露惊愕，旋即改以审视的目光看他们，这些反应全进入吉娣眼里。

“不过是几片莴苣叶子嘛，没啥大不了的，我想你是小题大做喽！”她轻浮地说，站起来，“我们回家吧。我确定你想来一杯威士忌加苏打。”

“无论哪一种假设对，你绝不是女英雄的料子。你吓得半死了。你确定不想离开这里吗？”

“我走或留，关你什么事？”

“我可以帮你。”

“哎哟，你该不会被我这黯然神伤的外表骗了吧？看看我的侧脸，告诉我，这鼻子会不会太长了？”

瓦丁顿若有所思地凝视她，炯亮的目光带有恶毒、反讽的意味，但也夹杂着飘忽如河畔树影的非凡善意。泪水忽然涌上吉娣的眼眶。

“你非留下来不可吗？”

“对。”

两人穿越花哨的牌坊，往下坡走，回到院子外时，见到乞丐尸体。瓦丁顿挽着她的手，被她挣脱。她站着，一动也不动。

“很可怕吧？”

“可怕什么？死吗？”

“对。死，让其他万物显得微不足道。他看起来不像人类，再怎么看，都不太能相信他曾是活生生的一个人。难以想象，在短短几年前，他还是个拉着风筝冲下山的小男生。”

她哽咽起来，再也无法止哭。

Chapter 39

几天之后，瓦丁顿和吉娣同坐，一大杯威士忌苏打在手，开始对她提起修女院。

“院长是个非常了不起的女人，”他说，“修女都告诉我，院长出身法国望族世家。究竟是哪个家族，她们不肯告诉我。她们说，院长不喜欢别人讨论这事。”

“你既然有兴趣，为什么不直接问她？”吉娣微笑问。

“如果你懂她的为人，你就知道，拿这种轻率的问题问她，保证碰钉子。”

“如果她能让你钦佩又敬畏，那她一定非常了不起。”

“我今天替她传达一件事给你。她说，如果你不介意的话，如果你不怕冒险深入疫区中心的话，她会很乐意带你参观修女院。”

“她太好心了。我是小人物一个，她怎么会知道我的存在？”

“我向她提过你。我现在每星期去修女院两三次，看看我能帮上什么忙。我敢说，你先生也对修女提过你。她们对你先生崇拜得不得了，你要有心理准备。”

“你信天主教吗？”

他的恶眼一亮，滑稽的小脸笑得皱起来。

“为什么对我奸笑？”吉娣问。

“加利利难道不能出好人好事吗？不对，我不是天主教徒。我以英国国教派自居。一个人如果什么教都不太信，自称英国国教信徒至少不会冒犯到一票人……院长十年前来湄潭府，带了七位修女，后来死到剩三个。是这样的，湄潭府这地方即使在最繁华的时代，也称不上养生度假村。修女院设在县城的核心，位于最穷苦的地段，修女们工作非常卖力，而且全年无休。”

“所以说，现在只剩一位院长和三位修女吗？”

“不对不对，后来陆续有修女过来替补。现在总共六人。不过，霍乱开始流行时，其中一人病死了，有两人从广东北上补缺。”

吉娣微微哆嗦一阵。

“你冷吗？”

“不会，只觉得心头毛毛的。”

“修女一离开法国，就永远不回家了。她们不像新教徒传教士，一段时间之后能休一整年假。我总认为，不能回国是最苦的事。我们英国人对祖国没有很强的眷恋，能在全世界任何一个地方扎根定居，不过法国人呢，他们对祖国的眷恋几乎像斩不断的血脉，离开法国就永远不太对劲，而这些修女竟能做出这么大的牺牲，我每一想到就感动万分。我猜，假如我信天主教，我应该会觉得，这种牺牲是天经地义的举动。”

吉娣冷眼瞧着他。这个矮子说得感情洋溢，她不太能感应，扪心自问对方是不是装腔作势。他刚灌下不少威士忌，也许醉意浓了。

“你不如亲自去参观一下吧！”瓦丁顿说，面带戏谑的微笑，迅速解读她的心思，“比生吃西红柿的风险小多了。”

“你都不怕了，我也没理由害怕。”

“我认为你会觉得有意思的。那里就像小法国。”

Chapter 40

他们乘舢板渡河，渡口有一座轿子等候吉娣。她坐轿子上坡，来到了水门。从河边挑水的苦力都从水门进出，来去匆匆，以扁担挑大水桶，水洒得堤道湿答答的，犹如刚下过一场豪雨。吉娣的轿夫对苦力吆喝，叫他们让路。

"当然，所有正事都停摆了，"瓦丁顿说，陪在轿子旁边步行，"在正常情况下，苦力忙着运货、卸货、上船，路人根本挤不过他们。"

街道狭窄而弯曲，吉娣的方向感全不见了。许多商店已关闭。前来湄潭府途中，她见过无数脏乱的街道，早已习惯了，但在县城里，她见到的是累积数星期的垃圾和废弃物，臭味扑鼻，逼得她以手绢捂脸。通过一座座中国城镇时，路人常盯着她直看，令她迷惑，但现在她注意到，城里人顶多漠不关心瞄她一眼。路人零零散散，不像先前见到的熙来攘往，现在大家似乎只专注于自家事。民众垂着头，无精打采。轿子路过几户民宅，里面传出锣声和不明乐器绵长的尖声悲鸣，大门紧闭，屋内必定有人病死。

"到了。"瓦丁顿终于说。

轿子停留在白色长墙的一道小门口，上面有一座十字架。吉娣下轿子。瓦丁顿摇铃。

“里面没什么豪华的，劝你期望不要太高。她们穷苦得很。”

开门的是一名华人女孩，瓦丁顿对她讲了一两句，她便带两人进走廊旁边的一小房间，里面有一张大桌子，以花格子油布覆盖，一组硬直的椅子靠四壁而立。房间一端有一座圣母石膏像。不一会儿，一名矮胖的修女进来，脸颊红彤彤的她相貌平庸，眼神愉悦。瓦丁顿把吉娣介绍给她，以法文称呼修女为圣乔瑟芙。

“是医师夫人吗？”修女以法文问，面有喜色，随即又说，院长将即刻过来。

圣乔瑟芙修女不通英文，而吉娣讲起法文结结巴巴，幸好瓦丁顿的法文流利而健谈，不讲究语法，戏谑语连连，笑脸修女被逗得前仰后合。修女动不动就笑，态度喜洋洋，带给吉娣不小的错愕。她本以为，宗教人总是面色凝重。这一份甜美、童稚般的欢愉令她感动。

Chapter 41

门开了。在吉娣的想象中，这门开得不自然，仿佛不经人手自行开启，进小房间的是女院长。她在门槛稍事停留，凝重的微笑在嘴唇上欲即欲离，眼睛看着哈哈笑的修女和瓦丁顿的丑脸。接着，院长踏进来，主动对吉娣伸手。

“费恩夫人吗？”院长的英语有浓厚的法国腔，但发音正确。她向吉娣微微一鞠躬，“能认识勇敢良医的夫人是我莫大的荣幸。”

吉娣觉得院长对她目不转睛，毫不羞赧地审视她，态度坦率但也不至于失礼，令人觉得她的本业就是评审他人，从不需遁词。她以尊贵和蔼的手势请客人坐下，然后自己才就座。圣乔瑟芙修女仍带着笑，但不作声，站到一旁，守在院长侧后方。

“我知道你们英国人喜欢茶，”院长说，“所以我请人泡了一壶。但我必须先道歉，这茶是照中国人喝茶的方式泡的。我知道瓦丁顿先生偏好威士忌，但恕我无法请他喝酒。”

她脸上挂着笑，庄重的眼神里带有一丝批判。

“哎呀，少来了，院长。照你这样讲，我好像是个不折不扣的酒鬼。”

“我但愿你能说你绝不喝酒；瓦丁顿先生。”

“无论在哪一个场合，我都能说，我绝不喝到不醉。”

院长笑笑，为圣乔瑟芙修女口译这句轻浮的话。她以友善而徘徊不去的目光看着瓦丁顿。

“我们必须体谅瓦丁顿先生，因为他在本院无钱可用、无以喂孤儿时，曾两三度慷慨解囊。”

刚为他们开门的中国女孩这时端着茶盘进来，上面有几只中国茶杯、一壶茶、一小碟玛德莲法国蛋糕。

“你们必须吃玛德莲，”院长说，“因为这是圣乔瑟芙修女今早特别为你们烘焙的。”

他们聊着稀松平常的话题。院长问吉娣来中国多久了，关心她从香港前来湄潭府的旅途是否累坏了。院长也问她是否曾去法国，是否觉得香港的气候折腾人。对话内容虽琐碎，但气氛友善，在这种环境里别具特殊风味。这间会客室静悄悄的，几乎难以相信置身人口稠密的县城中心。安宁祥和的气息沉淀在此处。然而在四面八方，霍乱正横扫家家户户，民众心慌得六神无主，全靠一位作风似土匪的军官坐镇。在修女院里面，医务室挤满染病和垂死的军人，而修女照顾的孤儿已有四分之一病死。

庄重的院长和蔼问话时，吉娣莫名感到佩服，观察着院长。院长一身白，色彩唯有胸前的一颗灼灼红心。中年的她可能四十岁，也可能五十岁，难以确定，因为她平整苍白的脸上少有纹路，但从她的仪态来判断，她显然不年轻，主要是因为她举止尊贵，带有自信心，强有力的玉手消瘦。她的脸型长，嘴宽，牙齿大而均匀，鼻子虽然不小，线条却纤细。但赋予她的脸一种认真、悲剧性格的是稀薄黑眉毛下的眼睛，大而黑，虽然不尽然冰冷，但稳重得让人畏怯。外人一见院长的第一印象是，她年轻时一定是美女，继而想到，这位女士的美来自品行，随年岁递增。她的嗓音低沉，收放有节制，英法双语皆说得慢条斯理。但她最令人注意的特质是，她具有一股被教徒慈悲心调节过的权威感，令人觉得她习于发号施令。对她而言，别人顺从她的指挥是天经地义的事，但她虚心接受他人的顺从。不难见到的是，背后有教会撑腰的她深谙教会的权威。但吉娣臆测，尽管院长仪态冷峻，面对人性弱点时，她能发挥凡人的宽容。她聆听瓦丁顿的大言不惭、胡言乱语，脸上仍挂着庄重的微笑，旁人见了不难相信她面对荒谬俗事也不失幽默感。

然而，吉娣也隐隐感受到院长另有的一些特质，但吉娣难以形容——尽管院长热忱待客而且言行完美，令吉娣觉得自己像手足无措的小女生。吉娣认为院长对她保持着距离。

Chapter 42

“先生不吃？”圣乔瑟芙修女以法文说。

“先生的胃口被满洲菜搞坏了。”院长说。

圣乔瑟芙修女的笑脸不见了，表情略带拘谨。瓦丁顿以坏坏的眼神瞄一下，再吃一块蛋糕。吉娣不了解其中的秘辛。

“为了证明你有多么不公平，院长，我破坏食欲给你看，等着我享受的丰盛晚餐也吃不下了。”

“如果费恩夫人愿意在修女院走一圈，我将乐意带她参观。”院长以过分自谦的微笑转向吉娣，“现在一切乱七八糟，很遗憾你看到的是这一面。我们有如此多的工作，修女的人手却不足。余上校坚持让我们将医务室让给生病士兵用，我们只得把饭厅改为孤儿的医务室。”

她站在门口，让吉娣出门，然后在修女和瓦丁顿的跟随下，大家在凉爽的白走廊前进。他们首先进入一个摆饰稀疏的大房间，几位中国女孩正在刺绣，图案繁复，一见客人来，她们便起立，院长向吉娣展示她们的手工艺。

“尽管霍乱横扫县城，我们仍继续刺绣，以免她们时时想着传染病的威胁。”

接着，院长带她进入第二间，里面的女孩们年纪较小，正在做简单的缝纫、镶边、补丁。在第三间，里面只有幼童，由改信天主教的中国人照顾，喧哗玩闹着，见院长进来，两三岁的小娃儿一拥而上，黑眼珠、黑头发的她们抓住院长的手，躲进她的大裙子里。院长一副迷人的笑脸扫去庄重，她摸摸她们的头，对她们戏谑三两句，吉娣虽不懂中文，却听得出抚慰的口吻。吉娣不禁微微哆嗦，因为这群穿制服的孤儿皮肤土黄，发育不良，鼻子扁平，她觉得她们几乎不像人类，面目可憎。但院长在她们的包围之下，宛如基督爱显灵。院长作势想走时，孤儿不依，抓紧她，她只好微笑劝退，以温柔的力道挣脱。这群孤儿对这位高高在上的女士毫不惧怕。

“这些孤儿之所以成为孤儿，”院长带她走进另一条走廊，说，“全因父母想除掉她们。想弃养小孩的人带小孩进这里，我们会给他们一些钱，否则他们为了省事，索性就地处置小孩。”院长转向修女，“今天来了几个？”她问。

“四个。”

“现在霍乱大流行，嫌女娃不中用的民众比以前更急着卸除累赘。”

院长带吉娣参观宿舍，然后经过一道门，门上漆着法文“医务室”。吉娣听见里面传来呻吟、哀号以及杂音，仿佛不是人的动物正在喊痛。

“我不想让你参观医务室，”院长以平静的语调说，“里面的景象无人想参观。”她心生一念头，“咦，费恩医师会不会在里面？”

院长以询问的目光转向修女，笑脸欢乐的修女打开医务室门钻进去，里面的鬼哭狼嚎从门缝传出，吉娣听得更清楚，不禁瑟缩。圣乔瑟芙修女回来了。

“他来过，但现在不在，过一阵子才会再来。”

“六号病人呢？”

“可怜的家伙，他死了。”

院长比画着十字，嘴唇嚅动祷告一句。

他们通过庭院，吉娣的视线落在地上并排的两个长长的以一块蓝棉布覆盖着的物体上。院长转向瓦丁顿。

“我们的病床不够用，只得让两个病人挤一张，一有人身亡，必须马上裹起来，腾出空位给别人躺。”但她对吉娣微笑，“接下来，我将带你参观本院的小教堂。我们非常引以为傲。不久前，法国友人寄来一尊真人尺寸的圣母像。”

Chapter 43

小教堂只不过是一个狭长低矮的房间，墙壁粉刷成白色，有几排长椅，祭坛上摆着圣母像。这尊塑像以熟石膏制作，粗劣漆上颜色，亮眼、崭新、俗丽。圣母像后面有一幅油画，画着十字架上的耶稣，圣母和抹大拉在下面哀恸欲绝。这幅画手法拙劣，乱用深色颜料，可见出自不懂配色者之手。墙上挂着一幅幅耶稣受难过程图，作画者是同一位外行。这座小教堂俗气不堪入目。

院长和修女一进来，立刻下跪祈祷，院长起身后再和吉娣闲聊。

“寄到这里的时候，不耐摔的全摔坏了，但巴黎恩人致赠的这尊塑像丝毫不见损伤，毫无疑问是一桩奇迹。”

瓦丁顿投射过去恶毒的目光，但他忍着没讲话。

“祭坛塑像和耶稣受难图全是由本院的一名修女画的。”院长在胸前比画十字，“她名叫圣安瑟美，是一位真正的艺术家，遗憾的是，她也死于霍乱。这些作品是非常赏心悦目的，你不认为吗？”

吉娣唯唯诺诺肯定一声。祭坛上有几束纸花，烛台的造型繁复到眼花缭乱。

“我们有幸在本院保存圣体。”

“是吗？”吉娣不懂。

“在如此动荡的时刻，它给我们莫大的安慰。”

他们离开小教堂，走回刚才见面的会客室。

“你走前想不想看看今天刚收的娃娃？”

“很想。”吉娣说。

院长带他们进入走道旁的一个小房间，桌上盖着一块布，下面有东西蠢动着。修女掀开布，显露四个裸体的小婴儿，浑身通红，手脚动个不停，模样滑稽，小巧的中国脸纠结成奇怪的苦笑状，乍看之下几乎不像人类，倒比较像不明物种的异兽，但这景象莫名令人特别动容。院长看着小娃儿，面带兴味盎然的微笑。

“她们看起来活力充沛。有时候，小孩奄奄一息送进来，只能等死。当然，她们一进来，我们就为她们受洗。”

“夫人的先生见到她们一定会很高兴的，”修女说，“我想他将每小时过来和她们玩耍。当她们哭的时候，他只需抱起婴儿，搂在臂弯里舒服一下，她们就乐得笑呵呵。”

吉娣和瓦丁顿不知不觉来到门口。吉娣郑重感谢院长抽空带她参观全院，院长以高姿态一鞠躬，神情尊贵而和善。

“这是我的一大荣幸。你先生待人多么亲切，对我们的帮助多么大，你恐怕不知道。他是天堂派来人间的使者。我很高兴你陪伴他前来。当他回到家中，必定能获得莫大的抚慰，因为有你的爱和你的——甜美的容颜。你必须好好照顾他，别让他操劳过度。你必须代我们照料他。”

吉娣脸红了，不知如何回应。院长递出一手，吉娣握一握，意识到对方那双淡然亲切的眼睛凝视着她，目光淡泊超然，却也不乏一种看似能理解人心深处的意味。

他们出门后，圣乔瑟芙修女关上门。吉娣上轿子，走回曲折的窄路。瓦丁顿随口讲了一句话，吉娣没应。他回头望轿子，发现侧面的帘子合着，看不见轿中的她。他便默默步行。来到河边时，吉娣下轿子，他赫然见到她泪流满面。

“怎么了？”他问，满脸惊慌。

“没事。”她强挤笑容，“傻里傻气而已。”

Chapter 44

在这栋传教士死后留下的小屋里，吉娣又独守龌龊的会客室，躺在窗前的长椅上，若有所思的视线停在对岸的寺庙上（暮色将至，再度变得缥缈秀丽）。吉娣整理着心中的各种情绪。她做梦也没想到，参观修女院竟能深深打动她的心。她答应去，是基于好奇心，横竖在家没事做，天天望对岸的县城也看厌了，本想至少能瞧一瞧城墙内的神秘市街也好。

然而，一旦踏进修女院，她宛如置身时空之外的另一天下。素净的房间和白走廊模样简朴，似乎回荡着疏远而虚幻的精灵。小教堂既丑陋又俗气，粗劣到极点，可悲可叹，缺乏大教堂的那份壮丽，没有彩色玻璃窗和名画，只显得至为卑微。然而，装点教堂的这份信仰，以及珍爱教堂的这份温情，凭着唯美的心灵挺过了考验。瘟疫盛行，修女院的运作有条不紊，显示临危不乱的冷静，凡事讲求实用到近乎自嘲，在她的脑海留下深刻的印象。修女开门的一刹那，医务室传出鬼魅声，至今仍萦绕吉娣耳际。

她们忽然提起沃特，令吉娣手足无措。先是修女称赞他，院长接着也赞美，语音非常轻柔。说也奇怪，修女院对他的观感如此好，令吉娣心中微微与有荣焉。瓦丁顿也曾提及沃特的作为。然而，修女们赞美的不仅仅是他的工作能力（在香港，她得知他的风评是头脑灵光），也称赞他的体贴和柔情。他当然能表现得非常柔情。见人生病时，他能显露最温柔的一面。他的智商太高，不会动不动气恼，而他的抚触宜人、冷静、舒缓人心。不知他施展什么法术，他似乎只要一接近病人，就能减轻病痛。他那副情意绵绵的眼神曾让她不胜其烦，如今她自知无缘再见到了。沃特的爱心多么广博，她现在才明了。他把这份爱心灌溉在求医无门、走投无路的病人身上。她心中寥无忌妒，只觉得空虚，感觉仿佛心里原有一个她习以为常的支柱忽然被抽走，害她像头重脚轻的物体东摇西晃着。

曾经，她对沃特怀抱着轻蔑的态度，如今她心中只剩自我轻蔑。他当初必定明白她对他的感想，无怨无悔接受她的评价。她脑袋空空，他知道。因为他爱她，笨不笨无所谓。她现在不恨沃特了，也不憎恶他，对他徒留一份畏惧和困惑。她不得不承认，沃特具有几种杰出的特质，有时她认为他甚至深藏一种怪异而无魅力的伟大。但她仍无法爱他，依旧爱着废人陶恩森，令她自己都匪夷所思。独守家中的几个漫漫长日，她反复思索，捏准了查理·陶恩森的斤两：陶恩森是个平凡人，资质属次级。她多么希望能一举淘尽心井里滞留不去的那份旧情啊！她尽量不去想陶恩森。

瓦丁顿也重视沃特。看不见沃特优点的人独独她一个。为什么？因为他爱她而她不爱他。男人爱你，却让你因而鄙夷他，人心为何如此？但瓦丁顿曾坦承，他不欣赏沃特。男人不会欣赏沃特。院长和修女对沃特抱着一份近似亲情的好意，显而易见，女人对他的感想不同。尽管他生性羞赧，女人能感受到他亲切体贴的内在美。

Chapter 45

话说回来，最深切感动她的是修女和院长。圣乔瑟芙修女笑脸常开，脸颊红如苹果，十年前和一小群修女追随院长前来中国，见到同伴一个接一个因疾病、贫苦、思乡症而离开人间，她却依然愉悦快乐。她那份天真迷人的好性情从何而来？至于院长，吉娣想象自己重回院长身旁，再次觉得卑微而汗颜。虽然院长为人单纯，不矫揉造作，却有着一种与生俱来的尊严，令人心生敬畏，无法想象有任何人能对她失敬。圣乔瑟芙修女的站姿、举手投足、响应的语调，在显示她内心深处的谦恭。瓦丁顿虽然轻佻放肆，言语却难掩不甚自在的隐情。吉娣觉得，瓦丁顿没必要告诉她院长出自法国望族，院长的仪容透露着远古民族的风范，与生俱来的权威感令她从不知道别人可以不服从她。她既有名门贵妇的傲慢，也具备圣人的谦虚。她刚毅、俊美、困顿的脸上有一种极严厉的神色，同时也兼有一份渴望和温柔，容许小孤儿簇拥而来，受她深切的爱心吸引，大呼小叫的，不怕院长。院长看着四个新生儿时，面带甜蜜却深沉的微笑，宛若一片阳光照耀荒原。修女在无意间提及沃特照顾婴儿的举动，令吉娣异常感动。她知道沃特曾再三催她快生小孩，但由于他个性含蓄，她便误认沃特不懂得柔情陪婴儿嬉戏，也没能力对婴儿展现亲情。多数男人不懂对待婴儿之道，举止别扭。他真是大怪人一个！

尽管修女院之行感动她的心，一片阴影（美中不足之处）却挥之不去，遮在心头之上，令她不安。在圣乔瑟芙修女沉稳的步伐中，她意识到一种疏离感，压得她喘不过气，而院长和蔼礼貌的表象所传达的疏离感更显沉重。这两人态度友善，甚至称得上诚挚，但她们也有所保留，她不清楚她们保留什么，只觉得自己充其量是个过客，和她们两人之间有着一道隔阂。她们嘴巴讲的是外语，心声也和她大异其趣。她和瓦丁顿走后，修女院的门一关上，她觉得她们立刻彻底遗忘她，不再耽搁正事，把吉娣当成根本不存在。她觉得遭排拒在外，不仅是不得修女院门而入，也进不去她衷心追求的某座神秘心灵花园。门一关，她倏然觉得落单，孤寂到前所未有的谷底。所以她才在轿子里饮泣。

现在，躺在家中长椅上，她仰头叹息："唉，我是个大废物。"

Chapter 46

那天晚上，沃特稍微提前回家。吉娣躺在长椅上，窗户开着，天色近全黑。

“你怎么不开灯？”他问。

“等晚餐准备好，他们会提灯过来。”

他和她交谈，话题总是琐碎事，口气像合得来的友人，态度从不暗示他心怀恶意。他从不接触她的视线，也从不微笑，礼貌周到得无微不至。

“沃特，霍乱危机过后，你对我们俩有什么规划？”她问。

他拖延几秒才回答。吉娣看不见他的脸。

“我没有思考过。”

在往日，她不经大脑，想到什么就讲什么，但现在，她怕丈夫，只觉得嘴唇颤抖，心脏苦苦跳着。

“我下午去了修女院一趟。”

“我听说了。”

嘴巴几乎无法咬字，但她仍强迫自己讲话。

“你带我来这里，是真的要我死吗？”

“假如我是你，吉娣，我会见好就收，最好能忘掉的东西再谈也没好处。”

“可是，你不会忘掉，我也不会。来到这里之后，我思考了很多事情。你不肯听我的想法吗？”

“说吧。”

“我以前大大亏待你了。我对你不忠。”

他仍像木头人一样站着，纹风不动的姿势异常吓人。

“我不知道你能不能懂我的意思。对女人来说，那种事一结束，意义就淡了。我认为女人不太能了解男人在这方面的态度。”她改以唐突的口气说，几乎认不出自己的嗓音，“你早明白查理的本性，算准了他拿得出什么对策。你猜对了，他是个窝囊废。上他的当是我自己活该，因为我自己一样是个废物。我不要求你原谅我。我不要求你和以前一样爱我。我的要求是，我们不能成为朋友吗？成千上万的人到处死，修女院里的那些修女……”

“她们跟我们家有什么关系？”他打断她。

“我不太能解释。我今天去修女院，心里产生一种奇特的感受，感觉意义很重大。情况这么糟，她们奉献自我的行为好伟大，我忍不住觉得，你为了一个笨女人的奸情而苦恼，未免太荒谬、太不值得了。不晓得你懂不懂我的意思。我一无是处，微不足道，不值得你把我放在心上。”

他不吭声也不走，似乎等她继续说。

“瓦丁顿先生和修女们再三夸赞你，我非常以你为荣，沃特。”

“你以前不会，你以前瞧不起我。你现在还会吗？”

“你不知道我怕你吗？”

他再度默然无语。

“我不了解你，”他终于说，“我不懂你要的是什么。”

“我别无所求，只盼你的郁闷少一点点。”

她觉得他一怔，开口时语气极冰冷。

“你以为我不开心？你错了。我忙得不可开交，不常想起你。”

“我在想，修女院能不能准我过去帮忙。她们非常缺人手，如果我能帮上再小的忙，我也会感激她们。”

“修女院的工作既不轻松，也不好玩，我预计你两三天就倒胃口了。”

“你对我是憎恶到极点吗，沃特？”

“不。”他迟疑着，语调奇怪，“我憎恶自己。”

Chapter 47

晚餐后，沃特如常，坐在灯旁阅读。每晚，他读到吉娣就寝，自己才进他以家中空房间改设的实验室，研究到三更半夜。他睡得少，他沉迷于她没概念的实验。工作上的事，沃特对她绝口不提，但即使在香港的日子，他也不提公事：对人敞开心胸不是他的本性。她沉思着刚才的话：谈进死胡同了。她对他认识太浅薄了，无法确定他所言是否属实。如今他成为她内心畏惧的对象，她却被他当作完全不存在，这可能吗？以前，她找他对话，他觉得高兴，因为当时他爱她，如今情意荡然无存，找他聊天，可能是被他嫌枯燥。她心惊胆战。

她望向沃特。灯火照亮他的侧面，宛若浮雕。他五官匀称，线条雅致，侧影看起来像大人物，但表情看起来不只严峻，更显阴森：他浑身不动，只见眼珠子沿着书页每一行游走，模样隐隐骇人。这张冷硬的脸孔怎可能被热情融化成温柔的神态，谁料得到呢？她见识过那种变化，想想，内心因而激荡出一丝丝憎厌。奇怪的是，虽然他相貌端正，为人诚实、可靠、有才华，她竟然无法爱上他。再也不必屈从在他的爱抚之下了，她如释重负。

她问他，逼她前来湄潭府的用意是不是真的想害死她，但他不答。这道谜题令她沉迷，也令她生畏。他本性是异于常人的善良，令她难以想象他竟怀抱如此邪恶的意图。当初他提议带她来，可能只想吓唬她，只想报复查理（这种做法合乎沃特尖酸幽默的本性）。孰料后来碍于固执心，或唯恐糗大，他才坚持她照计划陪同。

是的，他说他憎恶自己。这话是什么意思？吉娣再次望向那张镇静的冷脸。沃特浑然不觉她的存在，简直把她当作空气看待。

“你为什么憎恶你自己？”她问，几乎是不知不觉脱口而出，仿佛接续刚才的对话。

他放下书，观察着她，沉思着，似乎正从远方捕捉思绪。

“因为我爱过你。”

她脸红了，转移视线。她受不了沃特那种冰冷、沉稳、揣度人心的目光。她明了他的意思。哑然片刻后，她才开口。

“我认为你对我欠公平，”她说，“你不能因为我头脑简单、个性轻浮粗俗就怪罪我，要怪就怪我生长的环境。我认识的所有女孩都像我这样……去听交响乐队演奏的人如果觉得无聊，你怎能责怪他耳力不够好，听不懂交响乐呢？我本来就缺乏的特质，被你强加在我身上，然后你反过来怪罪我，这公平吗？我从来没有装模作样，故意欺骗你。我只不过是长得漂亮、个性活泼罢了。逛园游会的人不会向摊贩买珍珠项链或貂皮大衣，而是买锡喇叭和玩具气球。”

“我不怪罪你。”

他语气倦怠，她开始对他微微失去耐心。在死神阴影的笼罩之下，在修女院见证到人性光辉后，她顿悟到，相形之下，她和沃特的家事显得不足挂齿，难道沃特无法看破这一点吗？一个笨女人通奸，真的那么重要吗？丈夫面对崇高的重责大任，何必把这事放在心上？奇怪，沃特是聪明人，为何不懂衡量事物的大小轻重？他为洋娃娃披上绚丽的长袍，把洋娃娃摆进教堂膜拜，后来发现洋娃娃里面全是锯木屑，所以既无法原谅自己，也不宽恕她。他的心灵被撕裂了。他过的日子全是幻影一场，如今被真相击碎了，他认为真实生活也遭粉碎殆尽。没错，他无法原谅她，是因为他无法饶恕自己。

她好像听见沃特轻轻叹息，急忙瞥向他，心里忽然生出一个念头，令她呼吸暂停，差点忍不住惊呼。

他罹患的心病，难道是俗话所谓的心碎症吗？

Chapter 48

翌日，修女院的情景整天在吉娣脑海里萦绕。隔天早上，沃特出门不久，她便带阿嬷去找轿子，然后过河。天刚亮，渡轮上挤满中国人，有些穿着农家的蓝棉衣，有些穿着体面的黑袍子，所有人的表情都死气沉沉，宛如被超度至阴间的亡魂。上岸后，乘客在码头稍事停留，无所适从，仿佛不知往哪里去，然后才踏着散漫的步伐，三三两两往上坡离去。

时辰仍早，县城街道空荡荡的，比平常更像鬼城，路人一脸茫然，容易让人误以为是幽魂。天空无云，晨曦赋予街景一份天堂般的和煦。难以想象的是，在这无忧无虑、清新、笑盈盈的早晨，县城受制于霍乱魔掌，犹如一个被疯子掐得半死的人。民众痛苦挣扎，在恐惧中走向鬼门关，蓝天却竟然澄澈如孩童的心，漠视人间苦难。轿子来到修女院门口，一名乞丐从地上站起来，要求吉娣施舍。乞丐一身褪色扭曲的破布，看似刚从粪土堆里扒出来的东西，裂缝暴露的肌肤粗糙，被日晒成山羊皮，赤裸的双腿瘦削，脸颊凹陷，眼神慌乱，满头灰发，看似狂人。吉娣被吓得赶紧转身，轿夫以粗鲁的口气赶乞丐，但乞丐纠缠不休，吉娣为了打发他，抖着手，给了他一些现金。

修女院门打开，阿嬷代吉娣说明她想见一见院长。她再度被带进那间寒酸的会客室，里面似乎有一扇从来不开的窗户。她在会客室里枯坐了好久，开始以为没人为她传达口信。终于，院长进来了。

“让你久等，我必须请你谅解，”院长说，“我不知你即将前来，刚才有事不克分身。”

“原谅我过来打扰你，抱歉我挑错时间来了。”

院长对她微笑，笑得严肃但甜美，请吉娣坐下，但吉娣看得出她的眼睛浮肿，刚哭过。吉娣心头一惊，因为院长给她的印象是，人间再大的困扰也无法撼动她。

“很遗憾我来得太不巧了，”吉娣支吾说着，“我还是告辞吧，我可以改天再来。”

“不，不。告诉我你今天的来意。是因为——因为昨晚有一位修女死了。”院长的语调不再沉稳，变得泪汪汪，“我万不该伤心的，因为我知道，她那善良纯朴的灵魂已然直升天堂，她是一位圣人。但是，人很难时时刻刻控制软弱。抱歉我无法时时刻刻保持理性。”

“很遗憾，我感到非常遗憾。”吉娣说。

善于同情的她嗓子出现哭音。

“她是十年前跟我一同离开法国的修女之一。我们现在只剩下三人。记得那天，我们一起站在轮船的尽头，英文怎么说？‘船艄’是吗？轮船离开马赛港口时，我们看见圣母的金塑像，所有人一同祷告。自从我投身天主教，我最大的心愿是外派至中国，但当我见到祖国的土地越来越远，我忍不住哭了出来。我是她们的院长，怎能给她们一个坏榜样？昨晚去世的修女名叫圣芳济·哲维耶，当时她见我哭，握紧我的手，叫我别伤心。她说，无论我们人在何方，法国常在我心，上帝也是。”

人类本性激起她内心的悲凄，理性和信仰不容许她哭泣，两相交战之下，这张严肃而俊美的脸孔因而扭曲。吉娣转开视线。直视这种内心挣扎，她认为不礼貌。

“我和她父亲通信。她和我一样是独生女。他们家在布列塔尼从事捕鱼业，此事对家里的打击必定很大。唉，这场传染病到底什么时候能结束？今天早上，有两个院童被感染，除非奇迹出现，否则她们没救了。这些中国人毫无抵抗力。圣芳济修女之死非常令人痛心。这里的工作太多，人手太少。我们在中国其他地区也有修女院，她们的态度很积极，我想是所有教会的人都愿意牺牲一切，全想过来帮忙，可惜她们也一无所有。不过，过来这里几乎是送死。只要我们能设法善用现有的修女，我不愿意再牺牲其他人。”

“你这话带给我不小鼓舞，院长，”吉娣说，“我总觉得，我来得不是时候。你那天说，这里的事情太多，修女忙不过来，所以我想，你可不可以允许我过来帮忙？只要我帮得上忙，做什么工作都无所谓。就算你叫我刷洗地板，我也心存感激。”

院长显露听出兴味的微笑，吉娣讶然发现院长的情绪如流水，能瞬间转换。

“地板没必要刷洗，已经有院童负责打扫了。”院长歇口，以慈祥的目光看着吉娣，“亲爱的孩子，你陪丈夫来此地，不觉得已经贡献够多了吗？世上有勇气这么做的妻子不多。而且，你能在他下班回家给他安宁和抚慰，那才是你的正事吧？相信我，他需要你全心的爱和体贴。”

院长定睛在她脸上，以超然的神情审视她，面带反讽的善意，吉娣无法正视。

“从早到晚，我找不到事情做，”吉娣说，“我总觉得，这里有很多事情做不完，自己却闲着没事做，越想越难忍受。我不想为你们添麻烦，也晓得我不应该占用你们的善意或时间，不过我说的是真心话，如果你愿意让我帮忙，等于是对我行善。”

“你看起来不是非常健壮。前天我们有荣幸欢迎你，我见到你，就认为你脸色非常苍白。圣乔瑟芙修女还以为你有身孕了呢。”

“没有没有。”吉娣惊呼，脸唰然红到发根。

院长短促一笑，声音宛如银铃。

“亲爱的孩子，这又没什么好害臊的，如此臆测也不无可能。你结婚多久了？”

“我脸色苍白是因为我天生皮肤就白，不过我身体非常健壮，而且保证不怕工作。”

院长这时已完全恢复母仪全院的架势。不知不觉中，她摆出习以为常的权威态度，以品头论足的眼光审视吉娣。吉娣无缘无故紧张起来。

“你会讲中文吗？”

“对不起，我不会。”吉娣回答。

“啊，可惜。我本想请你负责带高年级女孩。目前情况非常艰难，而且她们恐怕——英文怎么说呢？很难带？”她以试探的语调收尾。

“不能派我去协助修女做护理工作吗？我一点也不怕霍乱。孤儿或士兵，我都能照顾。”

院长现在不笑了，改以沉思的表情摇摇头。

“你不懂霍乱的威力。情况是惨不忍睹的。医务室里的工作由士兵负责，我们只需派一位修女去监督即可。至于孤儿嘛……不行，我相信你先生不愿你帮忙，因为场面可怕又骇人。”

“久而久之就习惯了。”

“不行，不可能。这些工作是我们的正事，也是我们的特权，无须要求你承担。”

“院长这么说，让我觉得既没用又帮不上忙。我不信全院找不到工作给我做。”

“你是否曾和先生谈过你的心愿？”

“谈过。”

院长看着她，犹如直探心中机密，但她见到吉娣焦虑、恳求的神态时，对吉娣露出一笑。

“你当然是新教徒吧？”她问。

“是的。”

“信什么教都无所谓。刚过世的传教士华森医师也是新教徒，没有差别。他对待我们总是风度翩翩。我们亏欠他一份深切的感激。”

现在，一抹笑意划过吉娣的脸，但她不语。院长似乎正在考虑。随后她起身道：“你的心地非常好。我想我能找到适合你做的事。圣芳济修女蒙主宠召后，我们的确难以负荷目前的工作量。你几时能上班？”

“现在。”

“是个好时机。听你这么说，我心怀满意。”

“我向你保证，我一定尽最大能力。你能给我机会，我感激不尽。”

院长打开会客室的门，临走时踌躇。她再度望向吉娣，久久不放，探寻着玄机，神色贤明。接着，她一手轻轻落在吉娣的手臂上。

“你知道吗？亲爱的孩子，人无法从工作或娱乐中、无法在俗世或修女院里求得心宁，只能在自己的心灵里。”

吉娣微微心惊，但院长已匆匆踏出门。

Chapter 49

吉娣觉得修女院里的工作能提振心神。每早日出后不久，她便去修女院报到，直到夕阳金光洒向细河和拥挤的中国帆船才回家。院长交代她照顾低年级女生。吉娣的母亲是利物浦人，带着务实的主妇心嫁到伦敦，吉娣尽管生性放荡，却也从母亲身上学到不少本事，但她只以玩笑的口吻提了提。吉娣的厨艺相当好，缝纫也精美。她道出缝纫的才华时，院长派她去监督院童的针线工作。她们懂的法文不多，而吉娣每天耳濡目染，学到一些中文，因此管理起来得心应手。有些时候，她负责看管幼童，以免她们捣蛋。她为她们穿衣脱衣，该休息的时候叫她们休息。修女院收容的弃婴很多，由阿嬷照料，但吉娣奉令从旁留意。这些任务都不十分重要，而她希望能做比较艰辛的工作，可惜院长不顾她的请求。吉娣站在她面前，已经敬畏得不得了，岂敢再三纠缠。

这些小女孩穿着难看的制服，黑发缺乏弹性，黄脸浑圆，黑刺李一般黑的眼珠直盯人，头几天，吉娣微微讨厌她们，所以必须努力克服反感。她参观修女院那天，院长被这些丑小鸭团团包围，神态顿时变得慈眉善目，令她记忆犹新。她不愿让反射动作击垮她。现在，每次有女童跌倒或换新牙，痛得哇哇哭，她会把她们拥进怀里呵护。她发现，只消讲几句她们听不懂的外文，只消搂搂她们、以颊轻贴泪水纵横的小黄脸，就能安抚童心，于是她开始抛弃隔阂感。幼儿对她毫不畏惧，喜欢拿小事过来烦她，对于自己赢得她们的信赖，她心生一种奇特的欢乐。和年纪较大、负责缝纫的女孩相处亦然。她们爽朗、聪慧的笑颜，她称赞一声所能赋予的欣快感，深深感动她的心。她觉得她们喜欢她，受宠若惊又骄傲之余，她也以同样的态度回报。

然而，有名孤儿令她再怎么调适也无法接受。这女童六岁大，智能不足，罹患脑水肿，头变得很大，五短身材的她走起路来头重脚轻，眼睛大而无神，嘴巴常常淌着口水，只会以沙哑的嗓门喃喃讲几个字，令人反胃惊骇。不知为何，这女孩对吉娣产生痴痴依恋心，吉娣在大房间里走动时，她如影随形，抓着吉娣的裙子，以脸摩挲吉娣的膝盖，常抓着吉娣的手抚摸，令吉娣嫌恶得直打抖。她知道这小东西渴望抚触，但她硬是伸不出手去给予安慰。

有一次，吉娣对圣乔瑟芙修女提起她，说她活到现在值得怜惜。修女听了笑笑，对着畸形儿伸出一手，她走过来，对着修女的手摩挲肿胀的额头。

“可怜的小家伙，”修女说，“她被送到这里的时候，真的是奄奄一息，幸好上天发慈悲，她被送到的时候我正好在门口，我认为一刻也不能耽搁，赶紧带她去受洗。为了保住她，我们耗了多大的工夫，你一定不信。有三四次，我们以为她的小灵魂就快升天了。”

吉娣不语。健谈的修女话锋一转，改谈其他闲事。隔天，痴童走向吉娣，摸她的手，吉娣硬着头皮，摸摸她的大光头，嘴唇强挤笑容。突然间，满头歪理的痴童竟然弃她而去，似乎对她失去兴趣了，从此不再理会吉娣。吉娣不知自己做错什么事，想以微笑和手势引她过来，她却转头假装没看见她。

Chapter 50

由于修女的工作繁杂，从早忙到晚，吉娣只在做礼拜时见得到她们。在吉娣报到的那天，院长见她坐在小教堂最后排，坐在依年龄排排坐的院童后面，便走过去找她谈。

“我们进小教堂的时候，并不硬性规定你必须加入，”院长说，“你是新教徒，有你个人的信仰。”

“不过我喜欢来参加，院长。我觉得这里给我休憩的感受。”

院长多看她一眼，庄重地微倾头。

“你当然能照自己的意思做。我仅仅希望你了解，你没有义务跟着来。”

常和圣乔瑟芙修女往来之后，吉娣不久和她或许混熟了，但仍称不上交心。修女主掌全院经济，成天为了应付大家庭的物质需求而奔波。她说，她唯有趁祷告的空当才能休息。然而在傍晚时，当吉娣监督院童缝纫时，修女会进来，一面喊累，一面说着一刻不得闲，却一屁股坐下，讲几分钟的闲话，令吉娣心喜。院长不在身边时，修女变成活泼的长舌妇，喜欢讲笑话，也不忌讳聊一聊丑闻。吉娣不怕她。修女袍也覆盖不住她善良质朴的性情，她常聊得眉飞色舞。她不介意吉娣的法文磕磕巴巴，吉娣用错字时两人笑成一团。修女每天教她认识几个实用的中文字。修女的父亲务农，至今她心中仍以村姑自居。

“我小时候负责看牛，”她说，“和圣女贞德一样。可惜我太淘气了，看不见神迹。我想我是幸运的，不然如果说我看到神迹，一定会惹父亲抽我几鞭子。他是个老好人，以前常用鞭子抽我，因为我是个非常调皮的小女孩。现在，有时我想起以前的恶作剧，觉得好丢脸。”

这位福态的中年修女以前居然是个坏小孩，吉娣不觉莞尔。但现在，修女仍有些许童稚之心，吸引人想和她亲近：她身上似乎有一股乡下秋天的香味，令人联想到结实累累的苹果树、农作物被收割储藏。她缺少院长那种悲苦严峻的圣人味，但多了一分单纯而欢乐的轻快感。

“你从来不想回故乡吗，修女？”吉娣问。

“才不想呢。一回家，想再回来这里就太难了。我喜欢这里，和孤儿相处时，再快乐不过了。她们是善良的，充满感激。虽然我是修女（有幸成为宗教人），但是我同样也有母亲，也曾喝过母奶。我母亲老了，我无法再见到她，我心里是难受的。幸好她喜欢她的媳妇，而我哥哥也孝顺。他的儿子快长大了，我想他们会高兴家里多一个壮丁帮忙。我离开法国的时候，他还是个小孩，但他向我承诺，他会把拳头锻炼成能一拳打倒公牛。”

在安静的室内聆听修女追忆，几乎难以想象霍乱正在四壁之外撒野。圣乔瑟芙修女带有一种满不在乎的态度，能感染吉娣。

修女对外界的人事具有一份天真的好奇心。针对伦敦和英国，她以连珠炮的问题请教吉娣。她以为，英国的雾浓到中午还伸手不见五指。她也想知道吉娣是否参加过舞会，是否曾住豪宅，有多少兄弟姊妹。她常提起沃特。院长常称赞他，每天都为他祈祷。吉娣有这么一个既善良勇敢又聪明的丈夫，何其幸运啊！

Chapter 51

修女闲聊的话题三不五时绕回院长身上。吉娣从一开始便意识到，院长的个性掌控全院运作。全院上下对她当然敬爱，对她景仰有加，但也敬畏她，不能说不怕她。虽然院长待人慈祥，但吉娣在她面前总自觉像小女生，不甚自在，因为她对院长怀抱一种令她尴尬的怪异情愫：崇敬。圣乔瑟芙修女性情率直，想给人深刻的印象，对吉娣说院长的身世多么显赫。院长的祖先在历史上举足轻重，和欧洲半数国王有亲戚关系，西班牙国王阿方索曾和她父亲一同狩猎，她的家族在法国各地都有城堡。如此光彩的家世，想一举抛弃一定很难。吉娣微笑倾听，大为敬佩。

“而且，你只需要看她一眼，”修女以法文说，“就知道她的出身是最尊贵的。”

“她的一双手是我见过最美的。”吉娣说。

“啊，等你知道她怎么用那双手，你再称赞也不迟。她不怕劳动啊，我们的好院长。”

这群修女来到湄潭府时，什么都没有，在平地亲手打造修女院，按照院长的蓝图兴建，由院长监督。打从她们抵达县城的第一天，她们就开始从弃婴塔和冷血接生婆手里收容命苦的小女婴。起初，她们无床可睡，也没有玻璃窗把夜气排除在外（“世上最不卫生的东西就是夜气。”修女说）。她们常常无钱可用，不只缴不起建筑费，甚至连素简的饮食也难以负担，过着农家的生活。在法国，Tenez——也就是她父亲雇用的帮手——如果他们看见修女院的饮食，一定会全扔去喂猪。情况告急时，院长会召集所有修女，一同跪地祈求，圣母如果听见了，会送钱过来。隔天，邮差会送一千法郎上门，不然就是陌生人、英国人（新教徒喔），甚至中国人会来敲门，正好在她们跪地祈祷的时候，送礼物给修女院。有一次，她们困苦到走投无路了，全体向圣母发愿，如果圣母施恩，她们愿意连续九天为圣母祈祷。结果呢？信不信由你，隔天，那位逗趣的瓦丁顿先生来了，说我们看起来全像巴望着一盘可口的烘牛肉，所以捐赠一百元给我们。

多么滑稽的一个矮子啊，头上无毛，小眼珠精明（眼睛狡猾得很），笑话连连。我的天，法文被他咬得支离破碎啊，让人忍不住嘲笑他。他总是好脾气。瘟疫闹得凶，他却老神在在，像在度假。他有一颗相当像法国人的心，机智的口舌难以让人相信他是英国人，只有他的口音会露出马脚。但有时候，修女认定他故意乱讲法文逗趣。当然，他的道德观不尽理想，但那是他家的事（说着，修女叹一声，耸耸肩，摇摇头），他是单身汉，年纪还轻。

“他的道德观有什么不好，修女？”吉娣微笑问。

“你不知道？不可能吧？如果我告诉你，罪过算在我身上。我不该讲这种闲事的。他和一个中国女人同居，不对，应该说是满族人。据说是公主喔，痴心爱着他。”

“怎么听都不太可能吧。”吉娣惊呼。

“不骗你，我保证，我说的每一个字都是真的。他非常顽皮，那种事都做得出来。你第一次来修女院的那天，不是发生过一件事吗？他不肯吃我特地做的玛德莲蛋糕，院长说他的胃口被满人烹饪搞砸了，记得吗？他一听，脸都变了。他的往事很玄喔。听说他在革命期间被派驻汉口，满人被大屠杀，好心的瓦丁顿救回她的大家族的几条命。她的家族是皇室的亲戚。她疯狂爱上他，然后——然后可想而知。后来他离开汉口，她逃家跟随他，现在他调到哪里，她就跟到哪里。他死心了，可怜的家伙，只好留下她，我敢说他一定也非常喜欢人家。满族的女人啊，她们有时候蛮迷人的。不过，我想到哪里去了？有一千件事等我做，我却坐在这里聊天。我是个糟糕的信徒。我为自己感到惭愧。”

Chapter 52

吉娣产生一种诡异的感觉，认为自己正逐渐成长。不断有事忙，扫清她的杂念；见识到他人的生活和他人的前景，也唤醒了她的想象力。她的精神开始恢复了，身心都好转，变得比较坚强。原本她以为，来湄潭府之后无事可做，只有天天哭的份儿，但现在令她吃惊、令她百思不解的是，她竟能有说有笑。置身紧急疫区渐渐宛如天经地义的事。她知道周遭时时有人危在旦夕，但她已大致能释怀以对。院长禁止她进医务室，但门关着反而激起她的好奇心。她多想往里面探一眼，但找不到四下无人的机会偷看，也不知被院长逮到会受什么样的惩罚。如果因此被赶走，那还得了！她现在全心照顾院童，一旦被驱逐出院，孤儿必定会想念她。事实上，如果她走了，她不知院童的日子怎么过下去。

后来有一天，她忽然发现，她整整一星期没有想起查理·陶恩森，也没有梦见过他。想到这里，心脏怦然撞肋骨一下：她痊愈了。如今，她能以漠然的心情回想查理，再也不爱他了。如释重负、重获解放的感觉多美好！回首当初，她对他的渴望多么热切啊！查理辜负她时，她以为自己一定活不下去，以为人生从此暗淡无光，只见得到悲惨。现在，她已经能一笑置之了。没用的废物！以前的她竟傻成那副德行！如今，她能平心看待查理，纳闷当初究竟看上他的哪一点。幸亏瓦丁顿对这事一无所知，否则她必定无法忍受瓦丁顿恶毒的斜眼和冷嘲热讽。她自由了，终于自由了，自由了！她忍俊不禁，不住哈哈大笑几声。

院童正闹哄哄，玩着游戏，她的习惯是以溺爱的笑容在一旁看管，在她们吵闹过头时约束一下，也提防她们因戏耍受伤。然而，今天她心情大好，感觉自己和她们一样年幼，于是加入游戏。小女孩欣然迎接她，在房间里来回追逐着，尖着嗓门纵声叫嚷，乐到痴狂，近乎粗野，兴奋到跳上跳下，嘈杂声惊人。

门忽然开了，院长站在门槛上，吉娣感到害臊，赶紧从十几个抓住她乱叫的小女孩之中抽身而退。

“我交代你维持院童乖乖安静，你的做法是这样吗？”院长微笑说。

“我们刚刚在玩游戏，院长。她们太兴奋了。这是我不好，都怪我怂恿。”

院长上前来，孤儿和平常一样，簇拥着她。她摸摸她们的瘦肩，轻捏她们的小耳朵逗她们玩，望向吉娣，神态柔和，久久目不转睛。吉娣脸红起来，呼吸急促，水漾的眼睛晶亮，秀发在嬉闹欢笑中散乱失序，不知所措的模样十分可爱。

“你长得很美，我亲爱的孩子，”院长说，“外表赏心悦目。难怪这些小孩喜欢你。”

吉娣的脸更红了，不知为何忽然泪水盈眶，她急忙双手捂脸。

“唉，院长，你让我惭愧。”

“快别讲傻话了。天生丽质也是上帝之礼，是最罕见、最珍贵的厚礼之一，本身能拥有，都应该欣然惜福，就算本身欠缺，也应该为他人具备赏心悦目的美貌而感激。”

院长再次微笑，把吉娣也当成小孩，轻轻拍她柔嫩的脸颊。

Chapter 53

开始进修女院帮忙后，吉娣见瓦丁顿的机会就少了。有两三次，瓦丁顿到河边和她碰头，结伴上山。来到她家，他会喝杯威士忌苏打，但鲜少留下来吃晚饭。有个星期日，他提议带着午餐，乘轿子去参观佛寺。这座寺院位于县城外十英里处，在朝圣者的心目中小有名气。院长坚持放吉娣一天假，不肯让她在星期日上班，而沃特当然也忙碌如常。

他们一早动身，以便在溽暑当空之前抵达。轿子通过稻田之间的一条窄田埂时，偶见几栋舒适的农舍，和竹林相依偎。吉娣喜欢这份闲散的气息。困在县城里一段时日后，她能来宽广的乡下走走也惬意。寺院坐落于河畔，由几栋散乱的矮房子组成，树荫提供舒适的环境。轿子抵达时，几位满脸笑容的僧侣带他们穿越肃穆空旷的庭院，参观寺庙供奉的鬼脸神祇。佛祖坐在神龛上，疏远而哀伤，若有所思，若有所念，淡淡微笑。这里的一切都散发着沮丧感。华美的景物已破败倾颓。神祇蒙尘，供奉他们的信仰也岌岌可危。僧侣似乎获得默许，能住下来，仿佛等候遣散的通知。住持彬彬有礼，笑脸隐含听天由命的反讽。再过一段日子，这些僧侣即将挥别这片阴凉的树林，寺院将受冷落而倒塌，狂风暴雨将予以重击，周围的大自然将加以围攻，野藤将缠绕不灵的神像，树木将在庭院拔地而起，神祇也将离去，成为阴间恶灵。

Chapter 54

他们坐在一栋小建筑前的阶梯上（四根涂着亮光漆的柱子高高撑起覆盖屋瓦的屋顶，下面垂挂着一个巨大的青铜钟），看着河水懒洋洋流动，百转千折，流向瘟疫城。他们看得见城垛和城墙。暑气宛如幕布，覆盖县城上空。河水的流速虽缓和，却仍不乏动感，令人黯然感叹世事变迁。万水东行，流逝了无痕。吉娣不禁想到，人类全像河里汇聚的千千万万的水滴，一直流，彼此相近却又遥远，形成一道无名洪水，流向大海。万物在人间的时间如此短暂，一切都无足轻重，世人竟然荒谬到重视微不足道的小事，弄得自己和他人如此不开心。

"你听过哈陵顿园路吗？"她问瓦丁顿，美眼含笑。

"没听过。怎样？"

"没事。我的老家在那条路上。离这里好远。"

"你考虑回家吗？"

"没有。"

"我预估，你们顶多再待两三个月就能走了，因为疫情好像趋缓了，天气一转凉，应该就能结束。"

"我几乎认为我会舍不得走。"

一时之间，她思考着未来。她不知沃特心中有何规划。他完全不告诉她。他态度冷漠、客气、寡言、莫测高深。同一条河里的两颗小水珠静静流向未知，在他俩看来，这两颗小水珠是迥然相异的个体，但在外人眼里，这一对小水珠是河水里无法分辨的一部分。

“当心，别让修女劝你改信天主教。”瓦丁顿说，奸笑着。

“她们忙都忙不过来了。而且，她们也不在乎。她们对我很好，很亲切，只不过——我不太知道怎么解释，我和她们之间有一堵墙，我不懂这是什么样的隔阂。感觉好像她们瞒着一种天机，使得她们与众不同，而我不够格，不配知道。这和信仰无关，而是比较深层、意义比较深远的东西：她们走在一个和你我不一样的世界，始终视我们为陌生人。每天我走后，修女院门一关，我就觉得，对她们而言，我根本不存在。”

“对你的虚荣心构成打击了吧，我能理解。”他以嘲讽的语气回应。

“我的虚荣心。”吉娣耸耸肩膀。接着，她再微笑一下，懒懒转向瓦丁顿。

“你和满族公主同居，怎么从来不告诉我？”

“那些爱讲闲话的老女人告诉你什么鬼话？我敢确定，修女讨论关税局官员的私事是一种罪过。”

“你何必这么敏感？”

瓦丁顿侧头向下看，透露出狡猾的气息。他微微耸一耸肩：“这种事没啥值得宣传的，对我在公家机关的升迁也不见得有好处。”

“你很喜欢她吧？”

他这时才抬头，丑脸露出淘气学童的表情。

“为了我，她抛弃家园、家族、安全感、自尊心。好几年前，她为了跟我在一起，不惜丢开一切。有两三次，我赶她走，不过她还是回来了。我自己也出走过一次，不过她总是跟过来。而现在，我干脆放弃了。我的下半辈子大概只能和她瞎搅和了。”

“她一定是真的爱你爱到疯狂。”

“感觉相当怪，你知道。”他回应，额头皱出困惑的线条，“如果哪天我真的离开她，从此一刀两断，那我敢保证她会寻短见。并不是她对我心怀怨恨，而是自杀是必然的结果，因为她没有我，不愿继续活下去。内心明白这现象的感觉很怪，不知不觉会在心中产生某种意义。”

“可是，重要的是爱的举动，而不是被爱。被爱的人甚至无法感激对方，如果被爱者不爱他们，他们会让被爱的人觉得无聊。”

“我没有体验过复数，”瓦丁顿回应，“我的经验是一对一。”

“她真的是皇族公主吗？”

“哪来的公主？全是修女她们天花乱坠出来的罗曼史。她的确出身满族世家，不过她的家族当然也在革命时毁了。话说回来，她同样是个很棒的好女人。”

他语带骄傲，吉娣的眼睛因而闪现笑意。

“这么说来，你下半辈子想在这里生活喽？”

“在中国？对。搬去国外，她又能做什么？等我退休，我想在北京买一栋中国式的小房子，在里面度过余生。”

“你有小孩吗？”

“没有。”

她以异样的眼光看着瓦丁顿。这个秃头矮子猴脸一副，竟能让异族女子爱得死心塌地。说也奇怪，提到这满族女子时，瓦丁顿态度随便，用语也轻浮，但不知为何，吉娣得到一种强烈的印象：这女子对他情火热切，赤诚不二。她的心情受到些微扰动。

“这里离哈陵顿园的确感觉好遥远。”她微笑说。

“为何这么说？”

“我对所有事情都不了解。人生真奇妙。我觉得自己像在小池塘边住了大半辈子，忽然看到大海，有点喘不过气，却也因见海满腔欣喜。我不想死，我想活下去。我渐渐感受到一股新勇气。我就像老水手，出海寻找没人航行过的海域。我认为我的心灵渴望未知的疆土。”

瓦丁顿沉思着看她。她凝望平静的河水，想着心事。两滴小水珠默默流着，默默流向黑暗、永恒的大海。

“方便我去认识你家的满族女人吗？”吉娣问，忽然抬头。

“她完全不通英文。”

“你一直善待我，也为我尽过不少力，也许我去你家坐坐，能以言行举止向她表示，我也想友善对待她。”

瓦丁顿以嘲讽的调调小小微笑一下，随即以好心情响应。

“改天我过来接你，她应该会请你喝杯茉香茶。”

她不愿表白的是，打从她听说痴情满族女的故事开始，心中就有一份莫名的遐想。满族公主现在蔚为一种象征，隐隐召唤着她，坚持要她前来。满族女以充满奥秘的手，指向心灵秘境。

Chapter 55

不巧，一两天之后，吉娣发现一件前所未料的事。

出事那天，她照例前往修女院，开始忙她每天的第一件任务——帮院童洗澡穿衣。由于修女坚信夜气伤身，不开窗，因此宿舍里的空气不流通，闷得恶臭难忍。吉娣早晨呼吸过新鲜空气，平日一进宿舍就有点不舒服，急忙尽量多开几扇窗户。但今天，她忽然恶心得不得了，头晕目眩，在窗口站着，强打起精神。情况从来没有像今天这么严重。随即，眩晕感排山倒海而来，她吐了。她惊叫一声，吓到院童，负责帮忙的大女生冲向她，见到吉娣面无血色又频频发抖，赶紧停住脚步惊呼。一闪而过吉娣脑海里的是：霍乱！紧接着是近似死亡的感觉袭上心头。她惊恐得无法动弹，暗夜似乎在她的血脉中奔窜，折腾着她，她则奋力对抗。不一会儿，她难受到极点，眼前顿时漆黑一片。

睁眼时，她起初不知自己身在何处，似乎躺在地板上，头微微移动时，她觉得头的下面垫着枕头。她不记得事情经过。院长正跪在她身旁，拿着嗅盐凑向她的鼻孔。圣乔瑟芙修女也看着她。她忽然想起来了。霍乱！她看见了她们脸上的惊愕。圣乔瑟芙修女看起来硕大无比，轮廓线模糊。恐慌再次淹没吉娣。

“唉，院长，院长，”她啜泣着，“我会不会死？我不想死啊。”

“你当然不会死。”院长说。

院长相当镇定，眼神甚至带有一抹趣味。

“可是，是霍乱啊。沃特在哪里？有人去找他了吗？唉，院长，院长。”

她泪如泉涌。院长对她伸出手，被她死命抓住。

“好了，好了，亲爱的孩子，别傻了，不是霍乱也不是类似的任何疾病啦！”

“沃特在哪里？”

“你先生太忙了，不能去打搅他。过五分钟，你将一切安好。”

吉娣以慌忙的目光直瞪她。院长为何如此淡定？太无情了。

“继续静静躺一下，”院长说，“无须吓自己。”

吉娣觉得心跳剧烈。天天听到霍乱，她本已麻痹，误以为自己不可能被传染。唉，太傻了！她知道自己快死了。她好害怕。院童合搬一张长长的藤椅进来，放在窗户旁边。

“来吧，让我们抬你，”院长说，“在这张法式躺椅上，你将比较舒适。你想你能站立吗？”

院长把两手伸进吉娣腋下，圣乔瑟芙修女则抬起她的脚，她疲惫地沉进了躺椅。

“我最好关上窗户，”修女说，“清晨的空气对她不好。”

“不要，不要，”吉娣说，“拜托不要关窗户。”

能见到蓝天给予她信心，她大受震撼，但也绝对开始觉得舒服些。院长和修女静静看她片刻，修女对院长讲了句法文，她听不懂。接着，院长坐在躺椅边，握起她的一只手。

"听着，我亲爱的孩子……"

院长问了她一两个问题。吉娣不懂她的意思，胡乱回答，嘴唇颤抖着，几乎语塞。

"毫无疑问，"修女说，"在这类事务上，无人能欺瞒我。"

她短促一笑，笑声含有不少温情，吉娣隐约意识到她有点兴奋。院长仍握着吉娣的手，也面带柔情地微笑。

"亲爱的孩子，圣乔瑟芙修女对这些事情的经验比我丰富，而她立刻知道你的身体状况。你显然被她说中了。"

"什么意思？"吉娣焦急地问。

"这是相当明显的。难道你从未想过这种事可能发生？你怀孕了，我亲爱的。"

吉娣陡然心惊，从头到脚震动一下，双脚移到地上，仿佛想一跃而起。

"躺着别动，躺着别动。"院长说。

吉娣觉得自己脸红到耳根，双手按着胸部。

"不可能。这不是真的。"

"她说什么？"修女以法文问。

院长代为口译。修女单纯的阔脸红彤彤的，笑意满盈。

"这是错不了的。我以人格担保。"

"你结婚多久了，我的孩子？"院长问，"哇，我嫂子结婚和你一样久，她已经生两个娃娃了。"

吉娣沉回躺椅，心中泛起一股死气。

"我好可耻。"她低语。

"就因为你即将生小孩吗？哇，天下事还有比怀孕更自然的吗？"

"医生必然是喜悦的。"修女以法文说。

“是的，想想看，你先生将多么快乐。他将乐不可支，看看他照顾婴儿、和她们玩耍的模样便知道。有自己的亲生骨肉的话，他将沉迷醉心。”

一时之间，吉娣无语。修女和院长以温馨期待的神情看着她，院长摸摸她的手。

“怪我太钝了，完全没有怀疑过，”吉娣说，“再怎么说，我庆幸不是霍乱。我觉得舒服多了。我可以继续工作。”

“今天不必了，亲爱的孩子。你刚虚惊一场，最好还是回家休息吧。”

“不行，不行，我真的宁可待下来工作。”

“我坚持。如果我纵容你鲁莽行事，我们的良医将如何说呢？如果你想来，明天再来即可，后天也行，但今天你必须静养。我会召一座轿子。要不要我找一位院童陪伴你？”

“不用了，我自己回家没问题。”

Chapter 56

吉娣躺在自己的床上，百叶窗合着，午餐时间已过，用人全在睡午觉。今早她得知的事（现在她确定是事实）令她满腔惊愕。回家至今，她不停绞尽脑汁，奈何脑袋一片空白，她无法凝聚思绪。忽然，她听见脚步声，来人穿着靴子，所以不可能是小弟。她倒抽一口气，忧心来人只可能是丈夫。沃特在起居室，她听见他在呼唤。她没应。一阵安静之后，有人敲她的门。

“什么事？”

“我可以进去吗？”

吉娣起床，套上睡袍。

“进来吧。”

沃特进门。她庆幸百叶窗合着，脸在暗处。

“希望我没吵醒你。我敲门的声音放得非常非常轻。”

“我刚才没睡。”

他走向窗户，打开百叶窗，一派温和的日光洒进室内。

“什么事？”她问，“为何这么早回家？”

“听修女说，你身体不大舒服，所以我提早回来看看是怎么回事。”

一阵怒火横扫她的心。

“如果我得的是霍乱，你会怎么说？”

“是霍乱的话，你今早绝对回不了家。”

她走到梳妆台前，梳着被压扁的头发。她想拖延时间。接着，她坐下，点烟。

“今天早上，我不太舒服，院长劝我最好回家，不过现在我完全恢复了。明天我和平常一样，去修女院帮忙。”

“你生了什么病？”

“她们没告诉你？”

“没有。院长说，应该由你告诉我。”

这时，他做出他少有的举动——正面看着她。沃特的敬业精神压倒私人芥蒂。她犹豫着，然后，强迫自己面对他的双眼。

“我怀孕了。”她说。

正常而言，这消息势必引起对方惊喜，她面对的却是她习以为常的默然，但这种态度对她的打击反而更沉重。他不吭声，没有动作，脸皮平静无波动，黑眼珠也无动于衷，置若罔闻。她忽然好想痛哭。同样的场景，假使置换成一对相互恩爱的夫妻，必定会欣喜若狂。静得难以忍受，于是她破冰。

“我自己怎么从来没想过，我也不知道。我好笨，不过……前阵子事情一件接一件来……”

“多久了？你预计什么时候开始闭关？”

他似乎难以吐出这几个字。她觉得他的咽喉一定和她一样干燥。她的嘴唇抖得太厉害，讲不出话，困扰着她。如果他的心不是铁石，他一定会因而同情她。

“我猜，大概两到三个月了。”

“是我的骨肉吗？”

她倒抽一小口冷气。沃特的语调仅含一丝丝抖音，在他冰冷的自制力镇压之下，这一丁点象征式的情绪更具摧毁力。她不知为何瞬间想起在香港见到的一种仪器，上面的指针微微动摇一阵，有人告诉她，这表示千里外刚发生地震，或许有一千人丧生。她看着沃特，他面如死灰。同样的惨白曾出现在他脸上，她见过一两次。他低下头去，稍微望向一旁。

“是或不是？”

她双手交握。她知道，如果她能以“是”回答，对他具有天大的意义。他会相信她，当然他会相信，因为他想相信，然后，他会原谅她。她知道他的柔情多深，知道尽管他害羞，他也随时愿意施展柔情。她知道，沃特不是复仇心重的人，他必定能原谅她，只要她给他一个借口，一个能感动他的心的借口，他就能彻底宽恕她。她深信他绝不会掀旧账。就算他心肠冷酷，就算他再冰冷、再病态，他也不卑鄙下流。如果她回答“是”，一切将随之改观。

而她本身也迫切需要人同情。怀孕的事来得突然，让她心中盈灌奇怪的希望和未知的心愿。她觉得虚脱，有点害怕，觉得孤单，觉得朋友远在海角。今天早上，虽然她不太喜欢母亲，但她忽然渴望母亲在身旁。她需要协助和安慰。她不爱沃特，她心知一辈子不可能，但此时此刻，她全心向往他能抱抱她，让她的头靠在他的胸膛上，让她紧紧抱住他，喜极而泣；她希望他能吻她，想双手缠绕他的颈子。

她啜泣起来。她说过的谎言无数，骗人易如反掌。谎言如果有益无害，何苦不说谎呢？谎言，谎言，谎言是何物？回答“是”，多么容易啊。她看着沃特的眼珠融化，看着他伸出双臂。她说不出口，她不知为何，就是讲不出来。近几星期以来的风风雨雨——查理的绝情、霍乱、到处有人病死、修女院，甚至滑稽酒鬼瓦丁顿

——似乎一个接一个在改造她，让她变得认不出自己。尽管她深受感动，心灵里若有人正在观察她，必定会看得惊恐不已。她非说实话不可。说谎似乎不值得。她的思绪胡乱游移着：突然，她想到死在围墙脚的乞丐。为什么想起那景象？她不哭了，泪水从大眼里哗哗倾泻。最后她回答了。沃特刚才问，孩子的父亲是不是他？

“我不知道。”她说。

他阴笑一小阵，令吉娣哆嗦。

“有点尴尬，不是吗？”

沃特这句话呼应他的特质，完全吻合她的预期，但她的心仍垂直下坠。她纳闷的是，沃特知不知道这实话多难启齿（但她也同时认为，其实一点也不难，其实是无从回避）。她也想知道，沃特愿不愿意体谅她吐实。她回答的“不知道”，声声在她颅内捶击着。话一出口，就追不回来了。她从包包里取出手绢拭眼。两人无言以对。床边桌上有水瓶，沃特为她倒了杯水，端过来，举杯让她喝。她注意到他的手变得多么干瘦。原本，他的手纤细，指头修长，如今瘦成皮包骨，而且微微颤抖：他能控制脸皮，双手却露馅儿了。

“别理会我一直哭，”她说，“真的没什么，只是我关不紧眼睛里的水闸门。”

她喝水后，他放下杯子，找椅子坐下，点烟，小叹一声。以前有一两次，她听到他如此叹息，心跳总不禁打住。他以无神的目光凝望窗外，她看着他，赫然发现她不曾留意到的现象：他近几星期剧瘦，太阳穴凹陷，脸骨暴突，衣裤松垮仿佛大一号，被晒黑的肤色难掩菜色的病容。他看起来身心交瘁。他工作太勤奋了，睡眠太少，不肯进食。她尽管哀伤、心绪不宁，仍在心中腾出空间来疼惜他。她无法为他尽力，想想就觉得残酷。

他手贴额头，好像头在痛，她感应到那句“我不知道”也在他大脑里狂乱捶击着。说也奇怪，这个冷淡、害羞、阴晴不定的男人，面对小婴儿竟能由衷挥洒温情，多数男人连自家的小孩都懒得理会。修女们受到感动，也觉得有点好笑，曾不止一次提起他对院童的关爱。如果他对那些怪里怪气的小婴儿都如此爱护，对待亲骨肉会是什么样的态度？吉娣咬唇，避免再哭。

他看手表。

“抱歉，我不得不回县城了。我今天有很多事情要做……你应该没事吧？”

“没事啦。你不必为我操心。”

“你今晚最好别等我，我可能会忙到非常晚。晚饭我会找余上校解决。”

“也好。”

他起身。

“劝你今天什么事也不要做，你最好放轻松。在我走之前，你还想要什么吗？”

“不用了，谢谢。我不会有事的。”

他停顿片刻，仿佛拿不定主意，随即，不再看她一眼，便陡然拾起帽子出去。她听见他穿越院子，觉得好孤单。现在不需自我约束了，她屈服于热泪浪潮。

Chapter 57

今夜闷热，吉娣坐在窗前，看着中国寺庙花样繁复的屋顶，在星光下显得黑暗。沃特终于回家了，她哭得眼酸，但心神已镇定下来。尽管万千心事纷杂，也许是因为哭累了，现在她心里洋溢着异样的祥和。

“我以为你已经睡了。”沃特进门时说。

“我不困。坐着乘凉比较舒服。你吃晚餐了吗？”

“我吃了。”

他在长方形的房间里来回走动，她看出他有话对她说，也知道他感到尴尬。她不担心，等着他鼓起决心。他倏然开口：“下午听见你的消息后，我反复考虑了好久。我认为，你最好还是离开这里。我已经找余上校商量过，他可以派人护送你。你可以带阿嬷一起走。你一路上应该相当平安。”

“我能去哪儿？”

“你可以去投靠你母亲。”

“你以为她见到我会很高兴吗？”

他沉默几秒，迟疑着，仿佛在沉思。

“不然，你可以回香港。”

“我回香港，能做什么？”

“你需要妥善照顾呵护。我认为，强留你在这里，对你不公平。”

一抹微笑划过她的脸庞，她一时拦不住，起因不仅是怨，也是率直的好气又好笑。她瞄他一眼，差一点点就扑哧笑出来。

“你何必对我的健康这么着急呢？”

他来到窗前，站着望夜色，无云的夜空中从未如此繁星满天。

“这地方不适合像你目前这种状况的女人。”

她看着沃特。他穿着单薄的衣物，在黑夜里全身显得白晃晃的，细致的侧脸隐含狰狞的意味，但奇怪的是，在此刻，她见状毫无畏惧。

“当初你坚持带我来，是不是希望我感染霍乱死掉？”她冷不防问。

他拖了许久不答，吉娣以为他拒听。

“起初是。”

她哆嗦一小阵，因为这是沃特首度坦承意图。但她对他不怀恶意。这种反应令她自己也惊讶，不禁得意，也觉得有点好笑。不知何故，她突然想起查理·陶恩森，视查理为卑鄙的笨蛋。

“你冒的险未免太大了吧，”她说，“你的良知那么敏感，假如我真的病死了，你八成无法原谅你自己。”

“结果，你没死。你反而如鱼得水。”

“我一辈子没有这么快活过。”

她直觉想顺势求他饶恕。在湄潭府历经惨绝人寰的场景后，与床笫恩怨相提并论，未免不恰当。死神在转角鹄候着，像园丁挖掘马铃薯般随地夺魂，这时还计较谁拿自己的身体去搞过什么事，感觉很蠢。她但愿能让沃特明了查理在她心中的分量多渺小，如今她几乎难以追忆查理的容貌，对查理的情意早已如浮云流水！由于她对查理不存一丝感情，从前跟查理的所作所为已经丧失意义。她已经拾回原本的心，曾付出哪一部分的肉身已不足挂齿。她倾向于告诉沃特：“喂，我们两个已经傻太久了，你不觉得吗？活像两个小孩生对方的闷气。我们为什么不能亲一亲，交个朋友？相爱不成，没理由不能做朋友嘛。”

他形同槁木地站着，灯火照在死灰状的脸上，令人心惊。她不信任他，如果她讲错话，他必定摆出冷峻的嘴脸。如今她已认清他极度敏感，他以尖酸刻薄作为屏障。她也看清他一旦受伤害，会以迅雷不及掩耳的速度闭锁自己的心。对于他的这股傻劲，她一时感到烦躁。他心头最大的疙瘩必然是自尊心受损：她隐约觉得，这是最难愈合的一种伤。妻子外遇，对男人而言竟然是惊天动地的大事，实在奇怪。和查理第一次幽会后，她本以为事后自己会改头换面，然而，其实她觉得自己和原来没有两样，只体会到舒畅，多了一份活力罢了。她现在后悔没向沃特说孩子是他的亲骨肉。这谎言对她的意义不大，但肯定能给予他庞大的安慰。毕竟，这未必是谎言：说来也好笑，拦阻她姑且一信的，居然是她自己的心。男人多傻啊！在繁衍下一代的行为里，男人的角色何其轻，怀胎忍受痛苦和不便的一方是女人，男人却因和这档事搭上几分钟的关系，就把自己的重要性捧上天。是不是他下的种，跟他对这孩子的感觉有何差别？随后，吉娣的念头转向胎儿，不带感情，也毫无母爱，纯粹是随随便便的好奇心。

“我建议你，还是再考虑一下。”沃特说，击碎漫长的沉默。

“考虑什么？”

他仿佛吃惊，微微转身。

“考虑你什么时候走。”

“可是，我不想走啊。”

“为什么不想走？”

“我喜欢我在修女院的工作。我觉得我很有用，帮得上忙。你想在湄潭府待多久，我就陪你待下去。”

“我最好还是告诉你，以你目前的状况，可能很容易感染到这一带的疾病。”

“你的措辞蛮谨慎的，我欣赏。”她反讽一笑。

“你该不会是为了我，才想留下来吧？”

她犹豫着。他有所不知，目前他在她心中激荡出最强烈，也最不期然的情绪是怜悯。

“不对。你不爱我了。我常认为我让你觉得很无聊。”

“以你的个性，你居然会为了几个保守的修女和一票中国孩子而牺牲奉献，出乎我的意料。”

她露出微笑的唇形。

“当初误判我的人是你，你就因为这样而鄙视我，不太公平吧。你天生是笨驴子一头，哪能怪罪到我身上。”

“想留下来，你当然有权决定留下。”

“对不起，我没办法给你表现宽宏大量的机会。”不知为何，她难以严肃面对他，“其实呢，你猜得相当正确，我不只是为了孤儿才留下来的。是这样的，我目前处境特殊，全世界找不到一个我能投靠的对象。在我认识的人里面，没有一个不会嫌我烦，也没有一个管我是死是活。”

他皱眉。但他的眉宇没有怒意。

“我们把自己搞成了一个大烂摊子，对吧？”他说。

“你还想休妻吗？现在我大概不在乎了。”

“你要知道，带你来这里，表示我已经宽恕你的罪行。”

“我现在才知道。不瞒你说，我没有钻研过外遇学。离开这里以后，我们怎么办？我们以后还继续住在一起吗？”

“唉，将来的事，船到桥头自然直，你不觉得吗？”

他的语气含有倦怠的死气。

Chapter 58

事隔两三天，瓦丁顿去修女院接吉娣。吉娣在家坐不住，隔天就回去帮忙了。瓦丁顿曾承诺介绍同居人给她认识，请她喝茶。吉娣曾去瓦丁顿家用餐不止一次。在中国各地，英国关税局为官员兴建的楼房，格局方正，漆成白色，规模宏大，瓦丁顿家就属于这一型。吉娣以前来他家做客时，在饭厅用餐，在大客厅坐着聊天，里面全是拘谨而耐用的家具，有住宿办公皆宜的风格，毫无居家的温馨，令人一看就知道，这种房舍的各代屋主皆过客，所以意想不到的是，楼上别有洞天，既神秘，也可能隐藏着春情。瓦丁顿这时带她上楼，然后开门，吉娣走进一个空旷的大房间，墙被粉刷成纯白色，墙上挂着各种书法的卷轴。有一张正方形桌子，一张硬扶手椅，材质都是黑木，加强雕刻过，正坐在椅子上的人是满族女。一见吉娣和瓦丁顿进来，她马上起身，但不向前踏出一步。

“就是她。”瓦丁顿说，然后补上一句中文。

吉娣上前和她握手。身材纤瘦的她披着绣花长袍，个头比吉娣料想的来得高——吉娣见惯了南方人。她穿着浅绿丝质外套，袖口紧紧套住手腕，乌黑的头发慎重整理过，头上戴着满族妇女的头饰。她脸上施粉，双颊从眼至口涂着厚厚的胭脂，修过的眉毛形成细细一条黑线，嘴唇朱红。在浓妆的脸上，两只黑色大眼炯炯有神，眼角略往上翘，宛如两塘液态黑玉。与其说她是真人，不如说她是人偶。她的举止温暾而笃定。吉娣的印象是，她略带腼腆，但好奇心很强。瓦丁顿提起她时，她点头两三次，望着吉娣。吉娣注意到她的手，修长超乎常态，非常纤瘦，色泽直如象牙，指甲上涂着蔻丹。这双手慵懒而雅致，吉娣自认大概从未见过这么美的手。这双手暗示着亘古的培育熏陶。

她话不多，嗓音高亢，恰似果园里的鸟鸣。瓦丁顿从中传译，告诉吉娣说，她很高兴认识吉娣，问她今年几岁、有几个小孩。大家在直背椅上坐下，围着方桌，小弟送上几碗颜色浅薄的茶，茉莉香四溢。她递给吉娣绿锡盒装的三堡牌香烟。除了桌椅之外，这房间家具稀疏，只有一张宽阔的板条床，上面摆着一个绣花枕和两个檀香木箱。

“她在家整天做什么？”吉娣问。

“她画一些画，有时候写写诗。不过她多半只坐着抽烟，幸好她适可而止，因为我的职责之一是防堵鸦片走私。”

“你抽吗？”吉娣问。

“很少。告诉你实话好了，我比较喜欢威士忌。”

房间里有一股淡淡的烟味，味道并非令人不舒服，只显得奇特，别具异国风情。

“告诉她，我无法和她交谈，觉得很可惜。我相信我们能聊的事情一定很多。”

中译给她听后，她匆匆望吉娣一眼，略含笑意。她不害臊地坐着，一身华服，架势气派。她的双眼从脂粉脸上往外望，态度警觉、沉着、莫测高深。她显得不真切，宛如一幅画，但也具有一份令吉娣手足无措的优雅。在命运捉弄之下，吉娣和中国结缘，却不屑认识中国的风土人情，她这种阶级的人不应该接触到这事。现在，她似乎突然察觉到一丝空远而神秘的感受。眼前这位代表东方的女子，远古、黑漆漆、谜样。从这位华丽的女子身上，她似乎能窥视到东方的信念与理想，西方相较之下显得粗鄙。这女子过的是不一样的日子，活在不同的境界。吉娣觉得奇怪，一见到这位凤眼、花脸、目光警觉的人偶，她在俗世里所认识的辛劳和苦痛全变得有点荒谬。大花脸似乎隐藏着含义深远而丰富的经验：纤长的玉手，娟秀的手指，握着未知的谜底。

“她整天想着什么呢？”吉娣问。

“什么也不想。”瓦丁顿微笑。

“她好美。告诉她，我从没见过那么美的手。我怀疑她是看上你哪一点。”

瓦丁顿微笑，翻译给她听。

“她说我是好人。”

“女人怎么会为男人的美德而倾心嘛！”吉娣嘲讽说。

满族女子只笑过一次。吉娣为了找话说，称赞她佩戴的玉镯子。她脱下，让吉娣戴戴看，结果吉娣发现，虽然手够小，掌指关节却无法穿进去，逗得满族女子像小孩似的爆笑。她对瓦丁顿说了几句话，召唤阿嬷，交代一件事，阿嬷马上找来一双非常漂亮的满族鞋子。

“如果你穿得下，她想送给你，”瓦丁顿说，“这双相当适合当作卧房拖鞋。”

“完全合我脚。”吉娣说着，语气不无满意。

但吉娣留意到瓦丁顿露出坏坏的微笑。

“这双给她穿，是不是太大了？”她赶紧问。

“大了十万八千里。”

吉娣笑笑，等瓦丁顿翻译后，满族女子和阿嬷也跟着笑。

一阵子后，吉娣由瓦丁顿陪同上山回家，她以友善的笑容转向他。

“你怎么没告诉我，你对她怀有一份很深的情意？”

“你凭什么这么认为？”

“我从你的眼神看得出来。说来也怪，这种爱一定就像爱上幽灵或一场梦。男人真的难以捉摸，我本来以为你和所有男人一样，现在才发现，我完全不了解你。”

来到费恩家，他陡然问：“你为什么想认识她？”

吉娣迟疑一会儿，然后才回答。

“我想追寻一份我不太知道是什么的东西。但我知道，这东西很重要，我一弄清楚了，情况会整个改观。也许修女们懂得这东西。我和她们在一起时，总觉得她们隐瞒某种机密，不肯和我分享。我不晓得为什么脑筋里冒出一个想法，以为一看到满族女，就能灵光一现，悟出自己追寻的是什么。如果她能讲英文，也许她可以告诉我。”

“你凭什么认为她知道？”

吉娣偏头瞥他一眼，但没回答。她反问：“不然你知道吗？”

他微笑，耸耸肩。

“我们有些人向鸦片寻道，有些人向上帝寻道，有些人则向威士忌寻道，有些人在爱里寻道。道全是同样的道，条条通往虚无。”

Chapter 59

吉娣重拾例行工作的安康韵律。尽管清晨她仍害喜，她的情绪够高昂，不让肉体的不适扰乱心灵。修女们对她忽然兴致勃勃，令她讶异。有些修女，她只在走廊上见过，她们顶多说声早安，现在她们找尽借口去她工作的房间看她，聊聊天，兴奋之情温馨、天真似孩童。圣乔瑟芙修女反复对她说，说得吉娣有点烦，她说自己很早就在心里想着“咦，我怀疑……”或“如果是……我也不会惊讶……”后来在吉娣晕倒的那天，修女改口说：“绝对错不了，一眼就看得出来。”她向吉娣娓娓道出自家嫂子闭关待产的故事，若非吉娣带有活泼的幽默感，听了必定大惊失色。修女因出身农家，老家农场有河流过绿野，河畔白杨随清风颤抖，因此她的个性讲究实际，但也适切融合了宗教事物的贴心。有一天，她坚信异教徒不可能知道“天使传报”的事，所以告诉吉娣。

“每次当我阅读圣经，读到这一段，我总忍不住哭泣，”修女说，“不知道为什么，但它给我如此奇怪的感受。”

随后，她以法文引述，吉娣非但听不懂，也觉得法文讲求精准度，听起来有点冷冰冰。

“天使降临她身上，并说，满怀天恩欢呼，主与你同在：女人之中，唯天降福于你身。”

生育的奥秘传遍全院，犹如一小阵风在果园耍弄着白花。吉娣怀孕的消息令无子的修女们既忧心又兴奋。现在的她既令她们稍畏惧，也令她们神往。她们的老家从事农渔业，对怀孕一事常识丰富，但她们童稚般的心里则怀抱着敬畏。她们为她的负担感到不安，却也为她快乐，情绪异常高亢。圣乔瑟芙修女告诉她，她们全为她祈祷。圣马丁修女说，她不是天主教徒真是太可惜了，却被院长训斥。院长说，即使是新教徒，也有可能心地善良，天主自有安排。

吉娣很感动，见到自己触发的兴致也觉得有意思，但令她诧异万分的是，她发现连平日严峻圣洁的院长也改变态度，对她多了一分殷勤。院长一向亲切对待她，但态度疏离，如今院长以近似母爱的温情指使她，语音变得柔和，眼神也忽然出现调皮的一面，仿佛吉娣是个小孩，刚耍了一个小聪明，模样逗趣。吉娣心中莫名感动。院长的心灵宛如平静、灰沉沉的大海，庄严地起起伏伏，以冷静的壮阔激发敬畏心，然后却刹那间绽放一道日光，海面顿时机敏、友善、活跃。现在，院长晚上常过来找吉娣，坐着聊天。

“我必须提防，不能让你劳累，我的孩子，”院长找薄弱的借口说，“否则费恩医师将无法原谅我。哦，英国人的矜持啊！他心里乐得无与伦比，但当别人向他提起这事时，他的脸色却变得相当苍白。”

她拿起吉娣的手，温馨地拍了拍。

“费恩医师告诉我，他希望你离开这里，但你因为舍不得我们而不愿意走。我亲爱的孩子，你的行为是非常亲切的，而我希望你知道，我们感激你帮忙。但我想，你也不愿离开他，这样是更好的，因为你的任务是陪伴在他身边，他需要你。啊，倘使没有那位值得敬爱的医师，我们将不知如何是好。”

“他能对你们做出贡献，我知道了，心里也高兴。”吉娣说。

“你必须全心爱他，我亲爱的。他是一位圣人。”

吉娣微笑着，心里却喟叹。现在她能为沃特做的事唯有一件，而她不知从何下手。她希望他原谅她，不是为了她着想，而是为他本身。她觉得，只要能办到这一点，他的心灵便能海阔天空。直接开口要求他宽恕是白费唇舌，而且，如果他起疑心，发现她是为了他好，而非帮自己求情，顽固的自尊心必定迫使他不计一切代价拒绝她的请求（奇怪的是，他的自尊心不再惹恼她了，感觉是很自然的事，她只会因他放不下自尊而更加同情他）。她唯一的机会是，突然发生一件无预警的事，令他措手不及，于是他欣然接受泉涌而上的情绪，释放噩梦般的憎恨感，自我解放。但在这种情况下，他势必使出浑身解数，顽强抵抗。

人间的苦痛何其多，人在世上逗留的光阴何其短，何苦如此自我折腾呢？

Chapter 60

虽然院长只和吉娣谈过三四次，而且其中一两次只聊个十分钟，但她在吉娣心中留下深刻的印象。院长的性格宛如一个乍看之下雄伟却排外的国家，你在壮丽的山脉果树之间欣见笑盈盈的小村落，绿油油的牧草地有轻快的河水亲切流过，这些舒服的场景虽令你惊喜，甚至让你心安，却不足以让你怡然自得，你无法在黄褐色高冈和疾风吹袭的领域悠游。吉娣若非怀孕，一定不可能和院长交心。院长的个性有缺乏人情味的一面，吉娣也在其他修女身上嗅到同样的态度，甚至连多嘴、幽默的圣乔瑟芙修女也有这缺点，但和院长相处时，这种隔阂几乎如一堵伸手摸得到的墙。院长这种人能和她立足在同一个地球上，能关照柴米油盐，却也明显住在你可望而不可即的境界，令人想想就心里发毛，但也对她产生敬畏。她有一次对吉娣说："教徒纵使经常向耶稣祈祷，也是不够的，她应该化身为具体成形的祷告。"

虽然院长的言语环绕着宗教，吉娣却觉得，这是院长自然而然之举，无意左右异教徒的信念。异教徒无知、欠悔改，院长秉持深切的慈善心，理应出手拯救才对，她却放过吉娣一马，令吉娣觉得奇怪。

有天晚上，院长找她坐一坐。现在白昼越来越短，傍晚柔光宜人，略带忧郁。院长看起来十分疲惫。她的悲情脸惨白而内敛，深邃的眼眸失去了光彩。或许因身心俱疲，鲜少交心的院长忽然讲起心事。

“今天是我值得追忆的一天，我的孩子，”她沉思良久之后说，“因为这是我终于决心投身宗教的纪念日。当时，我已考虑两年，但也因畏惧这份天职而裹足不前，因为我生怕受俗世吸引而重回花花绿绿的世界。但在那天早晨，我与天主交流，许愿说，在入夜之前，我将向母亲宣布我的心愿。圣餐礼之后，我请天主赐予我心宁。天主似乎响应，唯有停止处心积虑追寻，否则你将无法宁静。”

院长似乎沉浸在往事中，无法自拔。

“那一天，我们有一位朋友维诺夫人不告而别，抛下亲戚，前往加尔默罗修女院。她知道亲戚反对她出家，但她是寡妇，自认有权为自己做主。在她逃家之前，我的一位表姐去祝福她，直到晚上才回来。表姐非常感动。我害怕向母亲表白，一想便怕得直发抖，但我希望能信守我在圣餐礼做的承诺。我问表姐各式各样的问题。母亲似乎埋首织锦工艺中，不发一语。我开口时，在心中告诉自己：假使我想在今天告白，现在正是时候。

“那天的情景历历在目，说来很奇怪。我们围圆桌坐着，桌布红色。我们借着绿灯罩的灯火做织锦。我的两位表姐正好来我家过夜，我们全忙着织锦，用来修缮大客厅里的椅子。那几张椅子是在路易十四时代买的，至今从未修缮过，显得褪色残破，母亲认为有损颜面。

“我试着开口，奈何嘴唇不肯动，后来安静几分钟后，母亲忽然对我说：‘我实在无法理解你朋友的行为。我不喜欢这种不告而别、抛弃至亲的做法。此举过于戏剧化，以我的个性不敢恭维。有教养的女人不宜做出引人议论的举动。我希望，假使哪一天你在我们的痛心之中离家，你将不会像犯罪似的逃走。’

“告别趁现在，但我拗不过懦弱心，只能说：‘啊，母亲，你尽管宽心，我断无那种毅力。’

“母亲不语，而我因不敢告白而悔恨不已。我似乎听见天主对圣彼得说：‘彼得，你爱我吗？’哦，我多么懦弱，多么忘恩负义！我喜爱安逸的环境，喜爱目前的生活，也爱家人，有个人嗜好。我满脑子想着这些事。过了一会儿，母亲重拾刚才的话题，对我说：‘尽管如此，我的奥黛，我不认为你在死之前不会做出传世之举。’

“我依然沉浸在焦虑和思绪里，两位表姐不知我心海的波涛，默默织锦，这时母亲突然放下织锦，以专注的神情看着我，说：‘啊，我亲爱的孩子，我非常确定你在今日结束前必定会投身宗教。’

“‘你是认真的吗，好母亲？’我回应，‘你看透了我最深沉的思想，说穿了我的心之所向。’

“‘这是正确的，’两位表姐不等我结束便插嘴，‘两年以来，奥黛心里唯独这念头放不下。但是，姨妈，你不能允许她，你万万不能允许。’

“‘我亲爱的孩子们，我何德何能，怎能拒绝呢？’母亲说，‘如果这是上帝的旨意？’”

“随后，表姐想让话题轻松一些，问我将如何处置身外之物，两人愉悦地争抢我将留下的物品。但愉悦的时刻稍纵即逝，随后我们开始啜泣。后来，我听见父亲拾级而上。”

院长停顿片刻，叹气。

“我父亲非常难以接受。我是独生女，而男人通常对女儿较为眷恋。”

“有心奉献的人太不幸了。”吉娣微笑着说。

“能捧着那颗心投奔耶稣之爱，那才是一大福分。”

谈到这里，一个小女娃走向院长，认定院长对玩具感兴趣，所以出示一个不知从何处得手的精巧玩具。院长以细致的玉手握住女童的肩，女童依偎过去。吉娣见院长笑容甜蜜却又缺乏人情味，心头感动了一下。

“孤儿全部敬爱你，院长，我看了很窝心，”吉娣说，“假如我能激发这么大的虔敬，我应该会非常骄傲。”

院长再次露出高不可攀却美丽的微笑。

“赢得人心的方法唯有一种，即以自己期望被爱的方式去喜欢他人。”

Chapter 61

那一夜，沃特迟迟没回家吃晚餐。吉娣等了一阵子，因为如果他在县城遇事耽搁，总会请人捎口信回家。最后她自己坐下用餐。一道道菜色丰盛，她意兴阑珊地吃着。她家的中国厨子不顾疫情也不顾粮食得来不易，为顾及颜面，总是一盘接一盘端至她眼前。饭后，她开着窗户，坐在窗边的长藤椅里，委身于星夜美景。静谧的气氛平静了她的心。

她不想阅读。她的心思飘浮在脑海表面，宛如一朵朵小白云倒映在平静的湖面。她累到不想伸手抓住任何一条思绪，无法浸淫在随之而来的想法中。修女和院长找她谈话，留给她不一而足的种种印象，她隐隐怀疑着，她们的用意何在？尽管修女的生活深深感动了她，宗教却丝毫无法打动她的心。她无法想象自己哪一天因信仰狂热而献身宗教。她小小叹息一声：假如白花花的天光能照耀她的心灵，或许能让一切容易些。有一两次，她有意向院长吐苦水，道尽不快乐的原因，但她不敢讲：她无法忍受严厉的院长对她心存鄙夷。在院长眼中，她的失足必定像滔天大罪。奇怪的是，她自己倒不认为罪行深重，只觉得愚昧丑陋。

也许因为她个性驽钝，她把她和查理·陶恩森的关系视为值得遗憾，甚至惊人的，但也认为，与其忏悔，不如遗忘。这就好比在宴会上失态，一时无法补救，只能惊骇万分，然而，若把这事搁在心上，就是过度自责了。她打着寒战，回想查理，想到了他庞大的身躯裹得紧紧的，下颌曲线含糊，想起他习惯的站姿是挺胸，以免肚腩太突出。他的乐天性情以微血管呈现在脸颊上，不久将在他红润的脸上交织成网。她原喜欢他那毛茸茸的眉毛，现在想起来，却觉得像牲畜，让她退避三舍。

至于未来呢？匪夷所思的是，她对未来浑然不关心，一切混沌不明。也许她会难产而死吧。妹妹朵莉丝从小比她健壮，分娩时却差点送命（朵莉丝尽了本分，为准男爵家族生了一个继承人。母亲想必很满意吧？吉娣想想，不禁微笑）。如果未来如此朦胧，这或许表示，她注定无法想见未来。假如婴儿存活下来，也许沃特会托岳母照顾。她对沃特的个性够清楚，知道他尽管无从确认孩子是不是亲骨肉，也会视同己出。无论情况如何变，她相信沃特必定能做出高尚的行为。沃特的优点那么多，既无私又重荣誉心，智商高，也知情达理，居然如此难以让人倾心，实在可惜。现在，她一点也不怕他了，只为他感到难过，同时也忍不住嫌他略微荒谬。他用情至深，使得他自己不堪一击，而她有预感，或许将来，她能设法善用这弱点，导引他原谅她。她带给沃特的心痛太深，唯一弥补之道是求他宽恕，盼能因此让沃特海阔天空。想到这里，她不禁忧愁。他欠缺幽默感，太可惜了。她憧憬着有朝一日，两人回忆往事时，想到两人自我折磨成这样，必定会相视大笑。

她累了，提灯进房间，脱衣服，上床睡着了。

Chapter 62

她被吵闹的敲门声惊醒。敲击声和梦境混合在一起，起初她分不清是梦是真，但敲门声一直持续，她意识到声音必定来自院子门。户外夜色相当深。借着手表指针上的磷光，她得知现在是凌晨两点半。一定是沃特回家了，忙到这么晚，叫不醒小弟开门。敲门声依然持续着，越敲越洪亮，在静夜中更惊人。敲门声停了，她听见厚重的门闩拉开声。沃特从未忙到这时辰才回家。可怜的他一定累惨了！她希望沃特能体贴他自己，直接就寝，不要再和往常一样，又进他的实验室工作。

她听见几人讲话的声音，听见有人进院子来。奇怪，沃特如果半夜回家，唯恐惊扰她，动作一定会蹑手蹑脚。她听到有两三人踏上木楼梯，直冲上楼，进入隔壁房间。吉娣有点害怕。在她的脑海深处，她时刻担心遇到排洋暴动事件。真的发生暴动了吗？她的心跳开始加速。但她还来不及将隐忧升级为慌张，就有人走过来，敲她的房门。

“费恩夫人。”

她认出是瓦丁顿的嗓音。

“什么事？”

“能请你即刻下床吗？我有事通知你。”

她起床，披上睡袍，解除门锁，开门。她见瓦丁顿穿着中国式长裤和蚕绸外套，小弟提着防风灯，背后另有三个穿卡其色制服的中国兵。瓦丁顿脸上的惊愕令她陡然一震。他头发散乱，仿佛刚跳下床。

“怎么一回事？”她惊呼。

“你一定要保持镇定。刻不容缓，快穿衣服，跟我一起走。”

“到底是什么状况？县城里出事了吗？”

一见家里来了三个军人，她当下认定：县城必定出现暴动，这些兵奉命前来保护她。

“你先生病倒了，我们希望你赶快去看他。”

“沃特？”她哭叫。

“你先别难过。我还不知道详细情况。余上校派这位军官找我，叫我尽快带你进衙门。”

吉娣凝视他几秒，心头突然一阵寒。她随即转身。

“给我两分钟，我马上好。”

“我没换衣服就来了，”瓦丁顿说，“我下床后，加件外套、穿上鞋子而已。”

她没听见瓦丁顿的话。她借星光着装，随手拿到衣物就穿，手指忽然笨拙了，上衣的小扣环让她扣了半天扣不好。她披上了今晚披过的粤式披肩。

“我没戴帽子。不需要戴帽子，对吧？”

“不需要。”

小弟提灯带头，一行人匆匆下楼，从院子门出去。

“当心别跌跤了，”瓦丁顿说，“你最好握住我的手臂。”

三位军人尾随在后。

“余上校派了轿子过来，在河的对岸等我们。”

所有人快步下山，吉娣的疑问挂在嘴唇上，无奈嘴巴抖得太厉害，她无法言语。她生怕听见回答。来到河边，一艘舢板正在等他们，船头有一丝光线。

“是霍乱吗？”她上船后问。

“恐怕是。”

她小小哭了一声，乍然打住。

“建议你动作尽量快。”他伸手让她扶着上船。渡河航程不长，河面近似滞留，大家聚集在船头站着，撑篙的是一位腰缠小孩的妇女。

“他今天下午开始生病……应该说是昨天下午。”瓦丁顿说。

“为什么不马上通知我？”

虽然没必要压低嗓门，但他们仍沉声对话。在黑暗中，吉娣仅能感受对方的焦虑多强烈。

“余上校想通知你，不过沃特不准。上校一直陪在他身旁。”

“他照样应该通知我，太无情了。”

“霍乱病患模样恐怖，令人反胃，你丈夫知道你从未见过，不想让你看到。”

“他好歹是我丈夫啊。”她哽咽着说。

瓦丁顿无言以对。

“为什么现在准我去探病了？”

瓦丁顿一手放在她的手臂上。

“我亲爱的，你一定要坚强。你一定要做最坏的打算。”

她苦闷哀号一声，稍微偏头，因为她发现军人全在看她。她忽然瞥见他们的白眼球。

“他是不是快死了？”

“余上校派这位军官通知我，我从他口中只得知沃特已经虚脱了。”

“没救了吗？”

“实在很遗憾，我担心如果我们迟一步，可能见不到他最后一面。”

她打一阵寒战，泪水开始汩汩流淌。

“唉，他最近工作太操劳了，没有抵抗力。”

她以烦躁的态度缩手不让他碰，瓦丁顿以痛苦低沉的语调讲话令她气愤。

船来到对岸，两名中国苦力站在岸边，协助她上岸。轿子正在等人。她上轿子后，瓦丁顿对她说：

“尽量维持镇定。到时，你可要全力克制自己。”

“他们得到的指示是尽快赶到。”

已经上轿的军官超前时，对吉娣的轿夫喊话，轿夫以敏捷的身手扛起轿杆，在肩膀上调好位置，然后快步出发，瓦丁顿紧跟在后。轿夫跑步上坡，每轿前皆有人提灯笼带路。来到水门，守门人正拿着火把站着，军官喝令，他急忙掀开门的一边，让他们通行。轿子经过时，他发出感叹声，轿夫也回头喊。夜阑人静时分，外语的深喉音听来既神秘又令人心惊。巷弄湿滑，轿子向上前进，边走边滑，军官的轿夫不慎跌倒了。吉娣听见军官气得扬声骂，轿夫也尖声顶撞，随后继续快步上路。街道狭隘而曲折。全县城夜沉沉，似一座阴府。众轿夫匆忙进入一道窄巷，转个弯，然后跑步上阶梯。轿夫开始气喘吁吁了，迈开大步疾行，不讲话，其中一轿夫取出破烂的手帕，边走边擦拭从额头流进眼里的汗水。东转西转，一行人简直像在迷宫里狂奔。在门窗紧闭的商店阴影中，有时可见有人躺在店外的地上，无法辨别是要睡到破晓才醒来，还是一觉不醒。窄街静谧虚无，阴森森的。霎然有狗狂吠，让吉娣已饱受折磨的神经更加惊撼。她不知自己置身何方。这一趟似乎永无休止。不能再快一点吗？快一点，快一点。时间一秒一秒流逝，再拖下去，可能就来不及了。

Chapter 63

轿子沿一堵空白的长墙行进，忽然来到一道门口，两旁有卫兵哨，轿夫放下轿子。瓦丁顿匆匆走向吉娣。她已经跳下轿子了。军官猛地敲门呐喊。侧门打开，他们通过后，进入一座正方形的大庭院，屋檐下有士兵裹着毯子，成群瑟缩在墙脚。吉娣和大家稍停，等军官和可能正在站哨的士官交谈。军官转头对瓦丁顿说了句话。

“他还活着，”瓦丁顿低声说，“你走路要小心。”

仍有人提着灯笼带路，他们穿过院子，走上几步阶梯，通过一道大门，然后往下再进入另一座宽广的院子，一旁是长长的一间厢房，里面亮着灯，隔着宣纸，格栅的精美花纹线条毕露。提灯笼的人带他们穿越院子，走向这间厢房，来到门口，军官敲门，门立刻开启，军官瞥吉娣一眼后入内。

“你先请。”瓦丁顿说。

这个房间长而矮，冒着烟的油灯让昏暗的气氛更显阴森。三四个杂役分开站着。门对面墙边有一张板条床，有人盖着毯子躺在床上。一名军官戳在床尾不动。

吉娣急忙上前，在床边弯腰。沃特闭眼躺着。在晦暗的灯火下，他脸如死灰，全身静止得吓人。

“沃特、沃特。”她倒抽一口气，惊恐地低喊。

他出现微乎其微的动作，细微到犹如一缕感受不到却能吹皱止水的空气。

“沃特、沃特，回我话吧。”

沉重的眼睑缓缓撑开，仿佛使出无尽的气力，但他凝望着眼前几英寸外的墙壁，视而不见。他讲话了，口气低沉虚弱，略含一丝微笑。

“这下可惨兮兮了。”他说。

吉娣不敢呼吸。沃特不再出声，也不比手势，但他深邃的冷眼直瞪着白墙（现在看出什么样的玄机？）。吉娣站起来，以憔悴的眼光，转向守在床边的男人。

她交握双手：“总该想想办法吧？你总不能袖手旁观吧？”

瓦丁顿对站在床尾的军官说：“他们恐怕已经尽力了。这位军团医官治疗过他。他接受你先生的训练，已经用尽你先生想得出的办法。”

“那位是医官吗？”

“不是，他是余上校。他一刻也不曾离开床边。”

吉娣茫然瞄上校一眼。余上校个子有点高，体格壮硕，穿着卡其色制服，似乎坐立难安。他看着沃特，吉娣发现他的眼眶泛着泪光，心头不禁一揪。这个黄脸胖子为什么眼里含泪？她一肚子火。

“什么办法都拿不出来，太惨了。”

“至少他已经不痛了。”瓦丁顿说。

她再次弯腰看沃特。他的眼神似鬼魅，仍恍惚瞪着前方。她无法分辨他的视力是否尚存，也不知沃特是否听得见。她凑近他耳边说话：“沃特，能不能教我们怎么救你？”

她认为，必定有药能帮他延迟生命力退潮。现在，吉娣的视力较能适应黑暗，她赫然见到沃特的脸凹陷见骨，几乎认不得他的长相。短短几小时，他竟像变了一个人，令人难以置信。他看起来几乎不像人类，比较像死尸。

她认为沃特嚅嚅想讲话，忙侧耳贴近。

“不必麻烦了。苦路走过了，现在我没事了。”

吉娣等着他继续讲，但他沉默下来，完全不动，令她心痛如刀割。像木头人般躺成那样，太可怕了。他似乎已经有入土为安的准备。有人上前来，可能是医官或外科助手，以手势请她退后，然后拿着脏抹布，弯腰为他润润嘴唇。吉娣再次站直，焦急地转向瓦丁顿。

“真的没救了吗？”她低声问。

他摇摇头。

“他还能撑多久？”

“没人晓得。大概一个钟头吧。”

吉娣四下望着陈设稀疏的房间，视线在壮汉上校身上逗留片刻。

“可以让我和他独处吗？”她问瓦丁顿，“一下子就好。”

“那当然，就照你的意思。”

瓦丁顿走向上校，讲了几句话，上校微微一鞠躬，然后沉声下令。

“我们在阶梯上等，”瓦丁顿在众人外出时说，“有事吩咐一声。”

横祸来袭，宛如药剂在血管里流窜，她的意识不胜负荷。明了到沃特即将断气，她只有一个念头：把毒害他心灵的怨怼抽取出来，让他走得轻松。如果沃特死前能和她和解，她觉得他也能在死前心无挂碍。现在的她只为他考虑，不为自己。

“沃特，我求求你原谅我吧，”她弯腰说。

她怕病人无法忍受按压，所以谨慎地不碰他：“我亏待你，实在太对不起你了。我痛心疾首，后悔不已。”

他没吭声，似乎没听见。吉娣不得不坚持下去。她生出异样的感觉，仿佛他的灵魂化为一只蛾，飞呀飞，沉重的翅膀负载着仇恨。

“亲爱的。”吉娣说。

隐约的反应从凹陷的病脸上飘过，称不上是动作，却具有严重抽搐的强效。她从未对沃特喊过“亲爱的”。也许在临终之际，他的大脑中，以下的念头一闪：达令是她的口头禅，他只听她对着狗、婴儿、汽车喊过。对此，他困惑难解。紧接着，一个恐怖的现象发生了——她握紧自己的双手，使尽全身气力自我控制，因为她看见两颗泪珠从枯瘦的脸颊上缓缓滑落。

“哦，我的宝贝，我亲爱的，如果你爱过我——我知道你爱过我，而我面目可憎，我乞求你原谅我。我现在没机会表现悔意了。行行好，我恳求你原谅我。”

她停嘴，看着沃特，呼吸困难，焦急等候回应。她见沃特想说话，心脏猛震一下。她觉得，在他临终前，如果她能卸下他心头的那块怨岩，应可算是一种赎罪。他的嘴唇动了动。他没看她，眼睛无神，瞪着白墙。她弯腰凑近想听清楚一点，但他的口齿相当清晰：

“断魂者却是犬。”

她全身僵直，仿佛变成石像。她无法理解，以惊骇不解的眼神逼视。一切毫无意义，谵妄，他完全没听懂她刚才说的话。

人静止成这样，不可能还活着。她凝视着他。他的眼皮开着，她无法判定他是否在呼吸，渐渐害怕起来。

“沃特，”她低唤，“沃特。”

最后，她倏然站直，一股恐惧突然攻心。她转向门口。

“请你们赶快来。他好像没有……”

众人进入房间，中国军医走向床边，以手电筒照着沃特的瞳孔检查，然后让死者瞑目，讲了句中文。瓦丁顿一手搂搂吉娣。

“很遗憾，他死了。”

吉娣沉沉叹息，几滴泪掉出眼眶。与其说哀痛无法自已，倒不如说是情绪恍惚。中国人围站在床边，显得无助，仿佛不知下一步如何是好。瓦丁顿无言。一分钟后，中国人开始压低嗓门彼此交谈。

“你最好让我送你回家吧，”瓦丁顿说，“过一阵子他也会被抬回去。”

吉娣抬起倦怠的手，滑过额头，走向板条床，弯腰，轻轻吻沃特的嘴唇一下。她现在不哭了。

“带给你那么多困扰，我对不起你。”

她出门时，军官们向她行礼，她也凝重地鞠躬。大家往回走，穿越庭院，上了轿子。她看见瓦丁顿点上了烟。一缕薄烟在空气里逸散，无异于人命。

Chapter 64

天正破晓，各地的中国商家正忙着卸下窗板。在幽暗的内部，女人正点着小蜡烛盥洗手脸。在茶房的角落里，一群男人正在吃早饭。旭日送进灰色冷光，像贼一样，在窄巷里潜行。河面有一层薄雾，簇拥的帆船桅杆直竖，宛如幽灵大军持矛待命。渡河时凉意刺骨，吉娣瑟缩在七彩披肩里。上山后，薄雾不再，太阳在无云的天空若无其事地照耀着，好像今天与平日没两样。

抵达她家后，瓦丁顿问："你不想躺下吗？"

"不用。我坐窗口就好。"

这几个星期以来，她经常在窗口久坐，已见惯了城墙上那间奇形怪状、俗丽、精美、神秘的寺庙，这景象已深印她的心灵。即使在大晴空的强光下，此景仍如梦幻，让她跳脱真实生活。

"我去叫小弟帮你泡茶。恐怕有必要在中午之前下葬。我这就去安排。"

"谢谢你。"

Chapter 65

丧礼在三小时后举行。吉娣见他只能躺中国棺材，不禁惶恐，认为他睡这个一定很不习惯，无法安眠，奈何她无计可施。平日修女能掌握全县城的消息，得知沃特的死讯后，派人送来一座大理花十字架——风格呆板正式，可能出自花店的熟手。十字架单独放在中式棺木上，显得难看又格格不入。一切准备就绪，大家只等余上校出现。上校曾派人通知瓦丁顿，告知他想参加丧礼。上校由副官陪同出席。送葬队伍走上山，六个苦力抬棺来到一小块空地上。在沃特之前殉职的传教士长眠于此。瓦丁顿从传教士的遗物里找到一本英语祈祷册子，以低沉的嗓音，面露他不常有的腼腆，朗诵殡丧程序。在他宣读这些严肃却恐怖的语句时，或许他挥之不去的想法是：假使轮到他遭殃，势必没有人能为他的亡魂朗诵同一套葬仪语。棺材入墓穴，掘墓人开始铲土覆棺。

脱帽站在坟边的余上校这时戴上帽子，面色凝重地向吉娣敬礼，对瓦丁顿说了几句话，在副官的陪同下离开。苦力对天主教的葬礼好奇，逗留不去，直到结束后才三两成群，拖着担子信步走开。吉娣和瓦丁顿等到掘墓人填满墓穴，然后在土味缭绕的新坟上放置修女送的大理花十字架。吉娣没哭，但在第一铲土撞击棺材板之际，她觉得心头剧疼一阵。

她知道瓦丁顿等着送她回家。

“你急着走吗？”她问，“我还不想回家。”

“我没事可做。我完全供你差遣。”

Chapter 66

两人信步走在堤道上，上山，来到山顶。这里立着纪念寡妇的贞节牌坊。吉娣对这个地方的印象有一大部分来自这牌坊。它代表一种象征，但吉娣几乎完全不知道象征什么。她无法辨别这牌坊为何隐含一种奚落反讽的意味。

“在这里坐一会儿吧，我们几个世纪没来这里坐了。”平原在她眼前辽阔，在晨光里静谧安详，“我来这里才几个星期，感觉好像住了一辈子。”

他不作声。她任自己的思绪漫游一阵子，叹气。

“你认为灵魂不朽吗？”她问。

他对这个问题似乎不讶异。

“我哪知道？”

“在刚才，沃特入棺前，他们帮沃特洁身的时候，我看着他，感觉他好年轻，死得太年轻了。记得你第一次带我去散步，我们不是看见病死路边的乞丐吗？我被吓到，并不是因为他死了，而是因为他的模样看起来仿佛他从来不是人类，只是一只死掉的动物。现在呢，我同样觉得，沃特看起来就像一部出现故障的机器，所以才那么吓人。如果说他只是一部机器的话，这么多折磨、心痛、悲苦未免太没有用了吧。”

他不应，但视线游走在山下的景观中。在这晴朗的上午，一望无际的景象能提振心情。极目所及尽是整齐的小稻田，很多田里可见蓝衣农夫赶着水牛辛勤耕作，场面祥和而快乐。

吉娣打破沉默：“我难以形容在修女院受到多深的感动。那些修女很能干，让我觉得自己完全一无是处。她们放弃了一切，放弃家园、祖国、爱情、子女、自由，也抛弃我有时觉得一定更难割舍的小东西，例如花草绿叶、秋日郊游、书、音乐、舒服的环境，她们全放弃了。她们只求终生牺牲自我，拥抱贫穷、纪律、累死人的工作、祈祷。对她们所有人而言，这世界是实实在在的一个自我流亡的地方。人生是她们甘愿背负的一座十字架，不过，她们心中时时刻刻有一份欲望——不对，比欲望更强烈几倍，应该说是一份渴望，一种积极热切的渴望，期盼一死能带她们进入永生的境界。”

吉娣交握自己的双手，以苦闷的神情望向他。

“怎样？”瓦丁顿说。

“如果说，根本没有永生这一回事，那怎么办？想想看，如果死真的是一切的完结篇，这代表什么意义？这表示，修女放弃一切，最后希望落空。她们上当了。她们是笨蛋。”

瓦丁顿反思片刻。

“我想，她们追求的是不是幻影，好像不重要。她们的人生本身就美。我的想法是，唯有美，也就是凡人三不五时从混乱中创造出来的美，才能让人活在世上而不嫌东嫌西。人画的作品、人谱成的乐章、人写的书、人过的生活，在这些事物当中，最富含美的一种就是美丽人生。这才是最完美的艺术品。”

吉娣叹息。他说的话很难懂，她想追问。

“你有没有参加过交响乐团演奏会？”他继续。

“有，”她微笑，“我对音乐一窍不通，不过我听得蛮高兴的。”

“乐团里的每一分子都弹自己的乐器，全乐团演奏出的音乐在空气里错综合鸣，各个乐师心里有什么看法？他只关心做好自己的本分。但他也知道，交响乐很好听，尽管没有人听，也照样美妙，他满足于演奏自己的乐器。”

“你前几天提到‘道’，”吉娣停顿一会儿后说，“向我解释一下。”

瓦丁顿看她一眼，迟疑片刻，然后以滑稽的脸浅笑说：

“道是路，是行路者。道是一条永恒的路，供万物行走，但道由心生，非人所建。道既是一切，也是虚空。道是万物之母，万物遵道，终将回归于道。道是无棱角的方块，是耳朵听不见的声响，是无形的影像。道是一张巨网，网眼大如海却疏而不漏。道是万物寻求的庇荫。道不处于任何地方，但人不需望窗外即可看见。它教人寡欲，任万物顺其自然。自谦者必能留存完整身心。弯者自直。失败为成功之基，成功乃潜藏败亡之地。但谁知转折点何时来？务柔者甚可还童。攻者柔必胜，守者柔必安。自我征服者为强。”

“这有任何意义吗？”

“有时候有。在我喝掉六七杯威士忌之后望星空，也许能领悟其中的意义。”

两人陷入沉默，然后率先开口的是吉娣。

“告诉我，‘断魂者却是犬’是不是名言？”

瓦丁顿的嘴唇露出微笑状，答案早已准备好。但也许在这一刻，他的情感异常敏锐。吉娣不看他，但她的表情令他改变心意。

“如果是，我也不知道，”他警觉地说，“为什么问？”

“没事，突然想到而已。有一点点耳熟。”

两人再度陷入沉默。

“你支开所有人以后，”瓦丁顿说，“我和军医谈过，因为我觉得应该问清楚细节。”

“结果呢？”

“他激动到了歇斯底里的地步。我不是十分懂他的意思。就我理解，你丈夫是在实验过程中感染到霍乱的。”

“他常常做实验。他研究的是细菌学，其实不是医生，所以他才急着来湄潭府。”

“不过，从军医的叙述里，我不太能理解的是，究竟他是不小心感染到病菌，还是刻意拿自己做实验。”

吉娣脸色霎时变白。这暗示令她打战。瓦丁顿握住她一只手。

“原谅我再提这事，”他轻声说，“不过我本来以为，你知道后，可能心头舒服点——遇到这种事，很难找到有点作用的慰问语，我以为这话或许能安慰你，毕竟沃特是为了科学、为了职责，鞠躬尽瘁。”

吉娣耸耸肩，略带不耐烦。

“沃特的死因是心碎。”她说。

瓦丁顿无语。她转头，慢慢看着他，脸色苍白木然。

“他说‘断魂者却是犬’，这话是什么意思？”

“是葛兹米斯[1]最后一句。”

---

1 葛兹米斯（Oliver Goldsmith，18世纪爱尔兰作家）的《狂犬挽歌》（Elegy），该句原文为The dog it was that died.，大意是善犬咬恶人，结果人伤痊愈，狗却因不敌毒素而死。

Chapter 67

翌晨，吉娣赴修女院，开门的院童看见她，似乎很惊讶。吉娣忙了几分钟后，院长来找她，握住她的手。

“我很高兴见到你，我亲爱的孩子。你恸失至亲不久便回来，勇气可嘉，也展现了智慧，因为我确信有正事可做，可避免你黯然神伤。”

吉娣低下头，脸有点红，不愿让院长看穿她的心。

“本院所有人深切同情你的遭遇，无须我多言，你想必知道。”

“谢谢大家关心。”吉娣低语。

“我们时时为你和他的灵魂祷告。”

吉娣不语。院长放开她的手，以冷静、威严的口吻交代几项任务，拍拍两三名院童的头，露出疏离却宜人的微笑，然后去忙更紧要的事。

Chapter 68

过了一星期，有天，吉娣在修女院缝衣服，院长进来，在她身旁坐下，细看吉娣的手工。

“你的缝纫技巧非常高，我亲爱的。当今俗世年轻女子，少有如此成就。”

“全靠我母亲教导。”

“我确信令堂非常乐意再见到你。”

吉娣抬头。院长的语调有异于随口说说的客套话。院长继续：

“你先生过世后，我准你来做事，是因为我认为工作有助于分心。我本也认为，你不宜独自千里迢迢回香港，更不愿你孤零零坐在家中，无事可做，只能一直回忆先夫。如今已过八日，是你该走的时候了。”

“我不想走，院长。我想留在这里。”

“你没什么好留的。当初你陪丈夫前来，如今你的丈夫已辞世，而以你的状况，未久将需关注照料，在此地得不到妥善照顾。我亲爱的孩子，你的责任是尽全力保护上帝托付给你的胎儿。”

吉娣沉默片刻，视线往下垂。

“我还以为，我在这里帮得上忙，这种想法带给我很大的欣慰。我希望你能允许我继续工作直到疫情结束。”

“本院全体人员非常感激你为我们做出的贡献，”院长浅笑说，“但现在疫情已趋缓，前来湄潭府的风险剧降，有两位修女即将从广东前来报到，届时我想我将不再劳你服务。”

吉娣的心往下沉。院长的语调容不得反驳。她对院长的个性够明了，知道恳求也无济于事。院长觉得有必要找吉娣讲道理，语气因此多了一分专横跋扈——就算称不上是烦躁，至少也是可能恶化为烦躁的。

“明智的瓦丁顿先生请教过我的意见。”

“但愿他能少管别人家的闲事。”吉娣打断她。

“假使他不问，我同样会觉得有必要告诉他。”院长轻声说，“现阶段你适合待的地方非本地，而是令堂家。瓦丁顿先生已透过余上校为你安排精兵护送，以保障你的旅途平安无恙，轿夫和苦力也张罗妥当。阿嬷将陪伴你同行。沿途市镇的膳宿也将为你安排。为了确保你旅途舒适，一切都已经为你准备好了。”

吉娣紧抿双唇。事关她本身，好歹应该找她商量一下吧？她努力压抑想顶嘴的冲动。

“我什么时候启程？”

院长维持平静。

“越早从香港搭船返回英国越好，我亲爱的孩子。我们认为你最好后天破晓时分动身。”

“太急了。”

吉娣的泪呼之欲出。话说回来，院长的话不无道理，这里的确不是她的安身之地。

“你们好像全急着赶我走。”她悲哀地说。

吉娣意识到院长的态度略微缓和下来。院长看出吉娣有让步的意思，改以较为儒雅的语调对待吉娣。幽默感敏锐的吉娣想着，即使是圣人也有专断的一面，想到这里，目光不禁一亮。

“我亲爱的孩子，切勿认为我不欣赏你的慈善。你不愿抛下你强揽在身上的职责，义行值得敬佩，我也不是不心领。”

吉娣茫然凝望正前方，轻轻耸一耸肩。她明了她无法以这些美德自居，她想留下来，是因为她无处可去。世上竟找不到关心她死活的人，这种感觉真奇怪。

“我不了解你为何不愿回家，”院长和善地追问，“在这国家里，有许许多多外籍人士恨不得能有你今天的机会！”

“不包括你在内吧，院长？”

“哦，我们不能相提并论，我亲爱的孩子。当我们前来中国时，我们知道我们已与祖国绝缘。”

吉娣受伤的心灵涌出一股念头，或许有点恶毒：修女的信仰坚固如盔甲，乃至于对常人的七情六欲免疫，她多想在盔甲上找出脆弱的接缝点。她想看看院长心中是否留存任何人性弱点。

“你再也见不到亲友，不能回生长的地方，有时候想必很难受吧。”

院长迟疑一会儿，吉娣观察着她，但她美丽严峻的脸上神色依然宁静。

“我母亲年迈，她是难受的，因为我是独生女，她诚心期盼能在死前再见我一面。我但愿能给予她这份喜悦，可惜事与愿违，母女只得在天堂重逢。”

“话这样说没错，不过一想到至亲，一定很难不扪心自问：不再相见的决定是否正确。”

“你想问的是，我是否曾后悔踏出这一步？”忽然，院长的脸色变得容光焕发，“从不，从不。我交出琐碎无价值的一生，换得牺牲、祈祷的一世。”

一时之间，两人无言以对，随后院长改以较轻松的态度微笑。

“我想托你带一个小包裹，在马赛代我投邮。我不想托付给中国邮政。我马上去拿。”

“明天再给我就可以了。”吉娣说。

“我亲爱的，你明天一定会忙得无法抽身过来。你今晚即刻道别，是较为便利的。”

院长起身，带着蓬松宽大的修女服掩不住的自然庄重身段离开。不一会儿，圣乔瑟芙修女进来道别。她祝吉娣一路顺风：“你将会相当平安的，因为余上校将派遣精兵护送，修女们时常独行，从来没有出过事。你喜欢海吗？我的天，我在印度洋遇到风雨，晕得半死啊。令堂见女儿回家，将多么高兴啊。你必须好好照顾自己，毕竟你怀着一个小灵魂。大家都会为你祈祷的。我会时常为你和亲爱的小宝宝祈祷，也为勇敢的医师在天之灵祷告。”圣乔瑟芙修女健谈、亲切、热情，吉娣却深切意识到，修女一心一意追求永恒，想必视吉娣为一个毫无形体的幻影。吉娣忽然兴起一阵狂乱的冲动，想抓住心宽体胖的修女的肩膀，猛摇她几下，对她哭喊：“你不晓得我是血肉之躯吗？我孤单、闷闷不乐，需要安慰、同情、鼓励。唉，你难道不能离开上帝一下下，给我一点温情吗？我求的不是你给苦海众生的宗教爱，而是人对人的温情！”想到这里，吉娣不觉莞尔，嘴唇含笑：这话如果真的说出来，修女听了一定大吃一惊，这下子修女会认定所有英国人都是疯子。

“幸好我很适合航海，”吉娣说，“从来不晕船。”

院长带着包装整齐的小包裹回来。

“里面是我为母亲生日缝制的几条手绢，”她说，“姓名缩写的刺绣出自小院童之手。”

修女提议让吉娣看看精美的手工，院长露出溺爱、自贬的微笑，打开包裹。手绢的材质是上等棉布，草写体的姓名缩写如谜语，上方顶着草莓叶。吉娣好好欣赏手工手绢后，院长再把手绢包好，把包裹递给吉娣。修女以法文“好了，院长，我走了”告别，重复着客套而制式的招呼语，然后离开。吉娣明白自己应趁这个机会向院长告辞。她感谢院长对她的恩情。

两人一同走在素净的白漆走廊上。

“你抵达马赛后，我能否麻烦你代我挂号寄包裹？”院长问。

“我当然可以。”吉娣回答。

吉娣瞥收件人一眼，觉得姓名有望族的味道，但最引她注目的是地名。

“我和朋友开车逛过法国，见过这一座城堡。”

“极有可能，”院长说，“那个地方每周开放两天给游客参观。”

“我认为，假如我有幸定居在那么漂亮的地方，我绝对没有勇气离开。”

“那个地方当然是古迹，几乎没有亲昵感。假如说我后悔、想家，那么我想念的不是这里，而是我童年居住的那座小城堡，位于庇里牛斯山区。我的出生地能听闻海浪声。我不否认，有时我向往重温浪拍海岩的声响。”

吉娣心里略知，院长洞悉吉娣这句话的用意，所以巧言挖苦她一顿。来到不起眼、无气派的门口，出乎吉娣的意料，院长伸出双臂拥抱她，对着她的两颊各亲一下。苍白的唇压在脸上的感觉来得太突然，吉娣情不自禁脸红，潸然欲泣。

“珍重了，愿上帝保佑你，我亲爱的孩子。”院长继续拥抱她片刻，“务必记住，尽职责是没什么大不了的，那是你应尽的义务，不比洗净脏手更值得表扬。唯一值得重视的是对职责的热爱。当爱与职责融为一体时，恩泽将常驻你心，你将获得超乎理解范畴的快乐。”

语毕，修女院门在她身后最后一次关上。

Chapter 69

瓦丁顿陪吉娣走上山，中途岔开一阵子，去看沃特的坟墓。来到牌坊这里，他向吉娣道别。吉娣再看牌坊最后一眼，面对牌坊隐含的讽喻，她觉得自己也能以同样的反讽呼应。

一天过一天，路旁的景象形成她思绪的背景。这些景色和来时路重叠，蔚为立体视镜里的影像，但更富有另一番意义。因为她再见同样景象的此时，短短几星期前的心境也涌上心头——苦力挑着重担，队伍凌乱，三三两两成群，背后一百码处另有一人独自行走，在他背后还有两三人踽踽前行。护送兵步伐笨拙，拖着脚步跟着走，每天二十五英里。阿嬷由两名轿夫抬着，抬吉娣的则有四人，并非吉娣比较重，而是四人抬比较体面。偶尔，有另一队苦力迎面而来，扛着重担；偶尔，有中国官员乘坐大轿子经过，以充满问号的目光看着女白人。他们遇到了头戴大帽、身穿褪色蓝衣、正要去赶集的农夫，遇见了缠足女人，或老或少，在路上莲步前进。他们上下丘陵，经过整齐的稻田和依偎竹林中的农家。他们经过悲怆的村落，穿越有城墙、人口稠密、宛如弥撒书里所述的城市。初秋阳光和煦，破晓时分的晨曦赋予整齐田野一份童话般的奥秘。清晨如果冷，稍后的暖意令人感恩。吉娣满怀至福的感受，不愿抗拒。

鲜活的景象色泽优美，线条出奇明显，环境如此陌生，全如一幅阿拉斯挂毯。而在挂毯前方，吉娣遐思中的幽灵玩耍着，宛若玄幻朦胧的鬼影。所有景象似乎彻底不真实。有城垛的湄潭府直如一幅五颜六色的画布，挂在舞台上，在一出老戏中代表城市。修女和院长、瓦丁顿、深爱他的满族女子，全是一出假面剧里的虚构人物，而在蜿蜒街道上的路人、病死街头的冤魂，则是跑龙套的无名小角。这些人当然各具或轻或重的地位，但他们究竟有什么样的重要性？这就像他们在一场仪式中表演舞蹈，舞步古老繁复，而观众知道舞者的一举一动皆意有所指，观众非知道不可，奈何你却毫无概念。

一名老妪从堤道上路过，日光将她的一身蓝衣照耀成青金石，脸上千百条皱纹犹如古象牙面具。她拄着黑色长手杖，踩着小脚前行。吉娣见此景，觉得不可思议：她和沃特也在同一场怪异虚幻的舞蹈里显身手，扮演的角色吃重，毕竟她蒙受生命危险，而他丧失性命。这是一场笑话吗？也许一切只不过是一场梦，陡然梦醒时，她将如释重负地叹息。那事仿佛发生在古早以前，发生在遥不可及的地方。在真实生活阳光明媚的背景前，那出戏的角色何其晦暗，感觉奇特。吉娣现在觉得那事像她正在阅读的故事。她似乎不太关心，令她有点心惊。她已经发现，瓦丁顿和她混得那么熟，现在她对他的印象却不再清晰。

今晚，他们应该能抵达西江河畔的港市，她能搭上汽轮，只消再过一夜即可航抵香港。

Chapter 70

沃特病逝时她没哭，起初她认为自己很可耻，总觉得太冷血无情了。看看人家余上校，泪痕满脸。丈夫之死令她心神恍惚。她难以理解的是，沃特再也不回家了，她再也听不见他在苏州浴缸里晨浴的声响了。他本来活着，现在死了。在修女们的眼里，吉娣本着宗教心，听天由命，她们赞赏她勇于面对夫丧的精神。但瓦丁顿眼光犀利。尽管瓦丁顿表现出沉重的同情心，吉娣却隐隐意识到——该怎么形容呢？他虚情假意。当然，沃特之死对她形同晴天霹雳。她不希望他死。但话说回来，她不爱沃特，从来不曾对他倾心，以适度的哀伤自我装扮是得体的表现。若让任何人看穿她的心，想必显得丑陋，甚至低俗。但她历经太多风波了，无须戴假面具面对自己。她觉得，至少这几星期的经历已教她明白这道理，让她知道有时有必要对别人说谎，但对自己说谎就太卑鄙了。她遗憾沃特死得凄惨，但她这份遗憾纯属常人的哀凄，一如哀悼普通朋友过世。她承认，沃特具有几种值得敬仰的特质，只可惜她不喜欢他，觉得他总是让她闷得发慌。她不承认沃特之死令她如释重负。她能诚实说，假使一句魔咒就能让沃特复生，她愿意讲魔咒，但她无法抗拒的感受是：沃特之死让她的人生路走得稍微轻松些。他们永远不可能幸福厮守，但分手必定也难如登天。她觉得错愕，自己竟有这种感受，担心挨人骂铁石心肠。算了，别人不会知道的。她怀疑，身边所有人是否也全私藏可耻的秘密，成天担心引来异样的眼光。

前景朦胧，她看不太清楚，不预作规划。她唯一知道的是，她想尽早离开香港。她带着畏惧的心面对香港。她多想乘坐藤轿子，永远徜徉在笑脸相迎的乡野。她也想化身事不关己的旁观者，永远观望着人生中无常的幻象，日日换屋顶过夜。当然，近在眼前的未来必须先应付：在香港下船后，她会投宿旅馆，卖掉房子和家具。她没必要见查理·陶恩森。他识相的话，最好不要来烦她。尽管如此，她仍想再看他最后一面，以当面骂他是可恶的废物。

但是，查理·陶恩森又有什么重要的呢?

一个念头在她心里持续敲击不休，就像竖琴洪亮欢悦的急促和弦，在复杂的交响乐里格外明晰。就因这念头，稻田才多了一分异国情趣；就因这念头，她见到颜面光滑的小子挑担赶集，步伐轻快，目光散发大胆放肆，路过她的轿子，她血色淡薄的唇不禁绽放浅笑。轿子经过城镇时，这念头为城镇赋予一股悲欢尘世的魔力。瘟城是一座监狱，她刚越狱而出，从来没想到天空如此湛蓝耀眼，竹林斜倚在田埂上，风姿绰约，也令她的心雀跃。自由！在她心中高歌的正是这念头。尽管前途暗淡，这念头烁烁发亮，宛如晨曦照耀河面薄雾。自由！不仅是因挣脱了桎梏，因脱离了令她沮丧的伴侣；自由，不仅是因逃过鬼门关，也因卸除了被爱得抬不起头的负担；不再受任何精神羁绊，享有灵魂离身的自由。有了自由，更能鼓起勇气，不再忧虑，坚决面对未来。

Chapter 71

在甲板上，吉娣欣赏河上色彩缤纷的舟船熙来攘往。她的船进香港靠岸后，她回了舱房，检查阿嬷收拾行李时是否遗漏物品。她照了照镜子。办丧事时，修女拿她的一件洋装，染成黑色给她，她现在穿在身上，但这件终究不是丧服。她忽然想到，下船第一件事就是张罗几件丧服，以便有效掩饰她始料未及的自由感。有人敲舱房门，阿嬷去开。

“费恩夫人。”

吉娣转头，见到来人的脸，霎时认不出这人是谁，随即，她的心陡然一震，脸红起来。来人是桃乐蒂·陶恩森。吉娣完全没想到会见到她，不知如何是好，也讲不出话。陶恩森夫人进舱房来，冲动之下拥抱了吉娣。

“唉，我亲爱的，我亲爱的，我实在太为你难过了。”

吉娣允许自己让她吻颊。陶恩森夫人一向给她冰冷疏远的印象，现在如此情绪奔放，令她有点诧异。

“你太好心了。”吉娣喃喃说。

“来甲板上吧。行李给阿嬷照料，我也带我们家几个小弟过来帮忙。”

她牵起吉娣的手，允许自己被牵着走的吉娣留意到，夫人善意、沧桑的脸上带有真心关切的神情。

“你的船提早进港，我差点无法及时赶来接你，”陶恩森夫人说，“如果没接成，我一定会受不了。”

“咦，你该不会是专程来接我吧？”吉娣惊呼。

“我当然是。”

“可是，你怎么晓得我的行程？”

“因为瓦丁顿先生发电报通知我。”

吉娣转身，哽咽起来。突如其来的一点善意居然令她如此感动。她并不是想哭，她但愿桃乐蒂·陶恩森能走开。然而，夫人牵起吉娣自然下垂的手，握一握。这个害羞的女人今天感情溢于言表，令吉娣尴尬。

“我要你帮我一个大忙，查理和我希望你在香港期间能住我们家。”

吉娣抽手。

“你太好心了，我真的无法接受。”

“你一定要接受。你不能一个人回以前那栋房子住吧。对你来说，太痛苦了。我已经替你准备好了一切。你能有你专用的起居室。如果你不想和我们一起吃饭，可以自己在起居室里用三餐，我们两个都希望你能来。”

“我本来就没考虑回那栋房子住，我想去香港大酒店订房。我不可能去叨扰你们。”

这份好意来得太意外了，吉娣既困惑又苦恼。如果查理还懂分寸，绝不会允许妻子邀请她借住。她不希望欠这对夫妻任何人情。

“可是，我不能眼睁睁看你去住酒店。香港大酒店最近好热闹，你一定住不习惯的。那里人好多，乐队早晚演奏爵士乐。拜托你，答应来我们家住。我向你保证，查理和我不会去烦你的。”

“我不知道你们为何对我这么好。”吉娣快找不到借口了，但嘴巴也无法正面回绝，“我现在恐怕不太适合和陌生人相处。”

“我们怎么算陌生人？哎哟，我多么希望你别见外，多么希望你能做我朋友。”桃乐蒂交握双手，原本冷静、审慎、高贵的嗓音这时含泪颤抖，“我实在太希望你能来。告诉你好了，我想向你赔罪。”

吉娣没听懂。查理的妻子能亏欠她什么？

“对不起，我一开始不太喜欢你，我觉得你太开放了。不瞒你，我是个老古板，心胸比较狭窄。”

吉娣瞄她一眼。夫人言下之意是，她起初嫌吉娣俗气逼人。吉娣笑在心底，不让脸皮泄露笑意。现在的她多么在意别人的观感啊！

“当我听说你毫不犹豫，陪先生出生入死，我觉得自己烂透了，我觉得好羞愧。你好善良、好勇敢，让我们这些人全显得低俗二流。”泪水从亲善、朴实的脸颊上流下，“言语无法形容我现在多么仰慕你，对你的敬意多深。我知道，我尽再大的力也弥补不了你的丧夫之恸，但我要你知道，我多么深切、真挚地同情你。如果你允许我为你尽一点点心力，会是我的荣幸。不要因为我错判你而对我心怀宿怨。你是个女英雄，而我是区区一个笨女人。”

吉娣低头看着甲板，脸色非常苍白。她但愿桃乐蒂能保留这种一发不可收拾的情绪。她很感动，真的，但她忍不住觉得，这个头脑简单的女人居然轻信骗局，她不禁微微不耐烦。

“如果你真心希望我借住府上，那我当然乐意去。”吉娣叹息。

Chapter 72

陶恩森夫妇住在太平山顶，海景辽阔。查理平日不回家吃午餐，但在吉娣抵港的这天，桃乐蒂告诉她，如果她愿意见查理的话，查理可以中午回家欢迎她（桃乐蒂和吉娣现在已热络到直呼名字了）。吉娣心想，既然免不了见他，晚见不如马上见。她猜测，重逢的时刻查理必定尴尬，她觉得悲哀又好笑。她认为，接她过来住的点子出自桃乐蒂，而查理勉为其难当下应允。吉娣知道他总有为所应为的冲动，而对她展现好客的风度显然是他应该做的事。但他一回忆上次见面的情景，一定免不了惊恐，因为对虚荣如查理的男人来说，那种场面必定像溃疡一样难治。他对她的伤害很深，而她反过来希望他的伤也重。他对她一定已经由爱转恨。她很高兴地认为，自己不恨他了，现在只鄙视他。如今无论他对她是爱是恨，他都有必要礼遇她，吉娣想到这里，心里滋生一股酸溜溜的满意。摊牌那天下午她离开他的办公室时，他一定全心希望未来再也见不到她。

而今天，她和桃乐蒂同坐一室，等着查理进来。这间大客厅稳重豪华，能提振她的心情，她感觉到了。她坐在扶手椅上，鲜花处处开，墙上挂着美观的图画。大客厅里面阴凉友善，居家气氛浓。

她想起传教士小屋会客室的朴素空荡，微微哆嗦一阵。小屋里有藤椅，有覆盖棉布的厨桌，有沾了污渍的架子摆满贱价版的小说，单薄的红窗帘看起来布满灰尘。那里的生活多么不舒适啊！她猜桃乐蒂从没想过。

她们听见汽车驶近，不久查理走了进来。

“我迟到了吗？希望没让两位久等。总督找我开会，我真的没办法抽身。”

他走向吉娣，握住她的双手。

“我真的非常非常高兴你能来。我知道桃乐蒂告诉过你，我们希望你能多住几天，想待多久都随你便，希望你别见外，尽量把这里当成你的家。我也想亲自对你讲同样的话。如果你需要我帮什么忙，只要我能力所及，我赴汤蹈火乐意帮到底。”他的眼神真诚迷人，吉娣怀疑他是否看见她眼里的反讽，“碰到某些情况，我不是很会讲话，常讲一堆笨拙的傻话，不过我真的希望你明白我深深同情你先生的遭遇。他生前是个大好人，后人将长长久久缅怀他。”

“不用了，查理，”妻子说，“我相信吉娣能理解……鸡尾酒来了。”

依循中国境内的外侨所重视的奢华礼俗，两名小弟端着小菜和鸡尾酒进来。吉娣婉拒了。

“你非喝一点不可，”查理·陶恩森以快活、诚心的口吻说，“有益你的身心。我相信你离开香港后，一定尝不到类似鸡尾酒的东西。除非是我搞错了，就我所知，湄潭府没冰块可用。”

“你没有搞错。”吉娣说。

刹那间，乞丐病死路旁的景象蹦进吉娣的脑海，她见到了蓬乱的头发，褴褛蓝衣裹不住瘦削的四肢，曝尸在院子外的墙脚。

Chapter 73

三人一同进午餐。查理坐主位，轻松控制话题方向。讲完几句吊唁语之后，他对待吉娣的态度急转弯，不把她视为甫历经巨变的人，而视她为刚割完盲肠、从上海过来换换风景的人，需要人鼓舞她的情绪，而他正有此意。让她觉得自在的最佳方式是待她如家人。他是个处事圆滑的人。他开始聊秋季赛马和马球——天哪，他再不减肥，将来甭想重回马球场了。他也提及今早和总督面议的情形。他提起他们参加过司令在旗舰上举办的宴会，提起广东时事，也提起庐山高尔夫球场。才过几分钟，吉娣已觉得自己不过只离开香港一个周末。往北走只六百英里（差不多是伦敦到爱丁堡的距离吧），当地的男人、女人、儿童一个个倒地不起，令人难以置信。不久，她不知不觉问起这人那人的近况，谁在马球赛上摔断锁骨，某某夫人是否回英国，某某夫人是否参加网球锦标赛。查理随口讲讲笑话，她听了微笑以对。略带优越感的桃乐蒂也微微挖苦香港的一些人（桃乐蒂把吉娣纳入自己人的范围，因此吉娣不再嫌她倨傲，认为两人已搭起友谊的桥梁）。吉娣开始觉得精神好转。

“看吧，她的气色已经好多了，”查理对妻子说，“午餐之前，她的脸色好苍白，我蛮惊讶的，现在她的脸颊真的有些血色了。”

吉娣参与对话，就算不是说得眉飞色舞（因为她觉得，桃乐蒂生性端庄，查理重视礼教，必定无法认同她的表现），至少也神情愉悦。尽管她应答如流，她也暗暗观察着查理。远离是非地的这几个星期中，复仇心在她的脑海中兴风作浪，把查理生动地渲染成另一种面貌，浓密鬈曲的头发被她想象成有点长，梳整得太仔细；他为了掩饰越来越多的白头发，拼命抹发油；他的脸太红，脸颊遍布粉紫色的血丝，下颌肉太厚，头如果不抬高，会挤出双下巴，而且那对毛茸茸如猿猴的花白眉毛也让她嫌弃。在她的想象中，查理举手投足变得迟钝，再节食再运动，身材照样胖，一身肥油把骨架藏得好好的，关节具有中年人的惰性，时髦服装套在他身上太紧，也太年轻。

午餐前查理走进大客厅之际，吉娣着实吃惊一阵（或许正因如此，她才明显面无血色），因为她发现自己被想象力摆了一道：查理丝毫不像她在脑海里勾勒出的模样。她忍不住嘲笑自己。他的头发没有花白的现象，顶多只在太阳穴有几许白头发，很中看。他的脸不红，而是被晒成古铜色。他的头不高不低，姿势合度。此外，他既不胖也不老，几乎称得上苗条，身材潇洒——就算他对自己的身材有一点点自傲，那怎能怪他呢？简直无异于年轻人。当然，他也懂得置装的诀窍，这一点不容否认：他打扮得整齐、清洁、体面。她是中了什么邪，怎会在脑海里嫌东嫌西的？他是位大俊男。幸好她已认清他是个窝囊废。当然，她向来承认他的嗓音具有平易近人的特质，和她印象中的嗓音一样，所以他每讲一句假话就更让她生气。听在她耳中，他雄浑的语调和热情欠缺诚意，她纳闷当初为何上他的当。他的眼睛俊俏：这双明眸散发柔和的蓝光，是他的魅力所在，即使在他胡言乱语时，同样流转出喜悦的神态，这对眼睛令人不心动也难。

最后，咖啡上桌，查理点燃雪茄，看表，离桌站起来。

“嗯，恕我不敬，我该回办公室了，不得不留下两位少妇。”他停顿一秒，然后以友善迷人的眼光对准吉娣，对她说，“你先休息一两天吧，我暂时不去打扰你，不过一旦你休息够了，我想找你谈一点正事。”

“找我？”

“我们该商量如何处置你那栋房子，另外呢，家具也该处理一下。”

“不用了，我找律师就好，没理由劳驾你帮忙吧。”

“你别以为我会让你浪费钱请律师，一切包在我身上。你知道你有补助金可领：我会去找总督商量看看，而且如果问对了单位，说不定能帮你争取到额外的补助。你放心托付给我吧。不过，暂时不要烦恼这些事。我们目前最希望你做的事是养好身子。对不对啊，桃乐蒂？”

“那当然。”

他对着吉娣微点一下头，然后绕过妻子的椅子后面，牵起吉娣的手亲吻。多数英国男人吻女人手的动作略显驴模驴样，但查理做得风雅自如。

Chapter 74

吉娣在陶恩森家安顿妥当之后，才发现自己累坏了。在这里，生活环境舒适，异常便利，一扫过去的日常压力。她忘了轻松过日子的感觉多惬意，忘了被美好事物包围的滋味多懒散，忘了受人关照的心情多愉悦。她轻叹一声，身心松懈下来，沉进奢华东方的轻松气息里。她欣然发现自己成了同情焦点，暗喜之余仍表现出良好的教养。由于她新寡，大家不宜办娱乐活动招待她，但香港的名门贵妇（总督夫人、司令夫人、首席大法官夫人）纷纷前来陪她静静喝茶。总督夫人说，总督迫切想见她，近日想请她低调前来总督府吃午餐（“当然不是宴会啦，只有我们夫妇俩，外加几个副官！”）。这些贵妇把吉娣捧成瓷器，视她为不耐摔的珍品。逃不过她目光的是，贵妇们把她当作小英雄看待，而她也能耐着性子，以谦虚、审慎的姿态随她们起舞。她有时候但愿瓦丁顿在香港。瓦丁顿具有恶毒犀利的目光，必定看得出这种状况的笑点，两人私下可以开怀大笑一场。桃乐蒂接到了瓦丁顿捎来的一封信，信中盛赞她在修女院多尽责，勇气和自制力可嘉。当然，奸诈阴险的瓦丁顿是在偷偷拿他们寻开心。

Chapter 75

不知是无意还是有意，在陶恩森家做客的这几天，吉娣一直遇不到和查理独处的时机。他处事圆融到炉火纯青的境界。他保持亲善、同情、愉悦、和气的态度。没有人猜得到他和吉娣曾经有过超友谊关系。后来，某日下午，她躺在房间外的沙发上读书，查理从游廊路过，驻足攀谈。

“你在读什么？”他问。

“一本书。”

她以反讽的眼色望他。他微笑。

“桃乐蒂去总督府参加庭园宴会。”

“我知道。你怎么没一起去？”

“我坐不住，想回来陪陪你。车子停在外面，你想不想出去逛逛香港岛？”

“不想，谢谢你的好意。”

他在她躺的沙发尾坐下。

“从你来这里到现在，我们一直没机会聊聊。”

她直视查理的眼睛，眼神冷淡而傲慢。

“你以为我们俩还有话可讲吗？”

"一箩筐。"

她移开双脚，以防碰触到他。

"你还生我的气啊？"他问，嘴唇隐隐含笑，目光能融化芳心。

"一点也不气。"她呵呵笑。

"如果你不气，我不认为你笑得出来。"

"你错了。我恨自己恨得太深，哪有余力生你的气。"

他丝毫不动肝火。

"我觉得你太为难我了吧。你平心静气回想看看，难道不认为我当初的建议很正确吗？"

"以你的立场是很正确没错。"

"现在你进一步认识了桃乐蒂，总该承认她是个很不错的女人吧？"

"当然。我会永远感激她对我的恩情。"

"她是千中选一的好女人。假如当初我和你私奔，我永远没有心安的一天，对她太残酷了。更何况，我还要顾及三个儿子。父母离婚，对他们构成的障碍多么大啊！"

一时之间，她以反思的眼神盯着查理。她觉得自己能掌控全局。

"住你家的这几个星期，我一直密切观察你，我得到的结论是，你真的非常喜欢桃乐蒂。我本来以为你对她根本没意思。"

"我早就告诉过你，我喜欢她。会惹她苦恼的事情，我绝不会去碰。她是男人梦寐以求的理想妻子。"

"你有没有想过，你亏欠她一份忠诚心？"

"眼见不着的东西伤不到心。"他微笑。

她耸耸肩。

“你下流无耻。”

“我是凡人。你把我骂成无赖汉，就因为我痴情爱上你吗？为什么？你知道，我其实不特别想爱得那么痴。”

听他这么说，她的心弦微微扭了一下。

“那时我任人摆布。”她语带怨气。

“我又没透视眼，哪能预料我们会捅出那么大的娄子。”

“无论如何，你早有精明的盘算，算准了受伤的人不会是你。”

“这样讲不太厚道吧。再怎么说，风波已经过去了，你现在应该看得出，当初我全是为了我俩好。你那天急慌了，幸好我能维持理智，你应该庆幸才对。假如那时我照你的意思去做，这事能这么圆满吗？那时我们被扔进油锅炸得浑身不对劲，那还算好。假如被丢进火炉，保证死得更难看。结果呢，你毫发无伤地回来了。难道我们不能亲一亲，交个朋友吗？”

她差点笑出来。

“我被你送去一个九死一生的地方，你心里没有一丝内疚，竟然还敢指望我不计较？”

“哎呀，胡说八道！我不是劝你说，只要采取合理的预防措施，你根本一点风险也没有？假如我没有十足的把握，我哪舍得放你走？”

“你自欺欺人。你这种懦夫只关心自己有没有好处可沾。”

“是吗？俗话说得好，点心可口与否，一尝即知。结果你还不是平安回来了？恕我讲一句失礼的话，你回来后，比以前更漂亮了。”

“沃特呢？”

查理想到俏皮的戏谑语，忍不住微笑着说出来。

“最能烘托你美貌的莫过于黑衣裳。”

她瞪他片刻，泛泪哭了起来，娇艳的脸庞因哀恸而扭曲。她不遮掩，只向后躺在沙发上，双手放在身旁。

“看在上帝的分上，别哭成那样嘛。说笑而已嘛，又不是故意刺伤你。你该晓得，你恸失亲夫，我诚挚地同情你。”

“算了吧，笨嘴少讲废话了。”

“我愿意牺牲一切唤回沃特。”

“他死了，全是因为你和我。”

他握起吉娣的手，但被吉娣甩开。

“拜托你快走，”她呜咽着，“我只求你做这件事。我恨你，鄙视你。沃特的价值是你的十倍，我却糊涂成瞎子。走啊！快走！”

她见查理又想开口，于是跃下沙发进入自己的房间。查理尾随进去，直觉谨慎至上，所以拉上了百叶窗，整个房间几乎全黑。

“你哭成这样，我怎能丢下你呢？”他说，双臂环绕她，“我不是故意伤害你的，你知道。”

“别碰我。看在上帝的分上，给我滚。快走啊！”

她想挣脱，但他硬不松手，她现在哭得歇斯底里。

“亲爱的，你不明白吗？我始终爱着你，”他以深沉迷人的嗓音说，“我比以前更加爱你。”

“这种假话，你怎么吐得出来？放开我。你去死啊，快让我走。”

“别狠心对待我嘛，吉娣。我知道我待你太薄情了，你一定要原谅我。”

她啜泣颤抖着，拼命想挣脱他，但他的怀抱异常令她心安。曾经，她多么渴望再次依偎他的胸膛，一次就好。这时她浑身颤悠悠。她觉得虚脱到极点，简直像骨头渐渐融化，她为沃特的哀悼转变为对她自己的怜悯。

“唉，你怎么能对我那样狠心？”她啜泣着，“你不晓得我全心爱着你吗？天下没有人能比我爱你爱得更深。”

“我亲爱的。”

他开始吻她。

“不要，不要。”她哭叫。

他凑近她的脸，但她转过头，他又寻求芳唇。她不知他说着什么，讲着破碎而激情的情话。他双臂紧紧抱住她，令她觉得自己像终于安然回家的迷路儿。她轻轻呻吟，闭着眼睛，泪水纵横脸上。随后，他找到芳唇了。她的嘴唇承受的压力宛如一道天火，烧遍她全身。极乐感将他焚烧成炭渣。她发着光，仿佛脱胎换骨了。在她的梦中，她尝过这份极乐。现在他对着她做什么？她不知道。她不是一个女人，她整个人消散了，只剩下肉欲。他抱她起来，她勾着他，迫切而饥渴；她的头触着枕，他的嘴流连着她的唇。

Chapter 76

她坐在床缘，双手捂脸。

“你想不想来杯水？”

她摇摇头。他走向洗手台，以漱口杯装水给她喝。

“来嘛，喝一口，你会比较舒服。”

他举杯凑向她的嘴，她啜饮，随即以惊恐的眼神瞪他。他站在她面前，低头看她，眼睛闪烁着自满的光辉。

“怎样？你还嫌我是混账吗？”他问。

她低头看地上。

“对。不过我知道，我和你同样低级。唉，我太可耻了。”

“哼，我觉得你不懂得感恩。”

“你可以走了吧？”

“老实说，我想我也该走了。我想趁桃乐蒂回家前整理一下。”

他离开房间，步伐轻盈。

吉娣在床缘再坐了一会儿，像低能儿似的驼背垂头。她的脑袋一片空白。她全身陡然哆嗦一阵。她踉跄站起来，走向梳妆台，拉椅子坐下，凝视镜中人。她的眼睛哭得浮肿，泪渍满面，脸上有被他的脸颊压出的红痕。她赫然望着自己，脸仍是同一张。她本以为会见到转变……见到什么？堕落吗？

“猪猡，”她对镜子挥拳，“猪猡。”

接着，脸趴在手臂上，她痛哭着。可耻，可耻！刚才是中了什么邪，她不清楚。可怕。她恨他，她恨自己。可刚才的感受是极乐。可恨啊！她再也无法正视他的脸。他的辩解太正确了。当初没有休妻改娶她是正确的抉择，因为她是废物一个，不比娼妓好到哪里。唉，比娼妓更糟，因为可怜的妓女出卖灵肉是为了糊口。更何况，她竟然在他家做这种事。女主人见她哀伤、凄苦无依才收容她！她啜泣得肩膀震动不止。现在，一切都无法挽回了。她本以为自己变了，以为自己变得坚强，以为重回香港的吉娣是懂得自尊自重的女人，心田的新想法宛如小黄蝶在阳光下翩翩飞舞，期许自己未来更上一层楼。自由如一道灵光，召唤她迈进，而世界就像宽广的平原，供她以轻快的步伐昂头行走。她本以为自己已经放空肉欲和低贱的热情，能无拘无束过着心灵干净健康的生活。她曾将自己比拟为清晨悠闲掠过稻田的白鹭鸶，不再烦恼的心思悠扬翱翔。结果，她却是个奴隶。软弱，软弱！绝望了，再努力也是枉然，她是个荡妇。

她拒吃晚餐。她派小弟去通知桃乐蒂说她头痛，想待在房间休息。桃乐蒂进来，见到她两眼红肿，便以轻柔、感性的态度闲聊琐事。吉娣知道，桃乐蒂认为她在哀悼亡夫，身为善体人意、充满爱心的好妻子的桃乐蒂在同情之余，也尊重她这份人之常情的哀伤。

“我知道你心里很苦，亲爱的，”她边说边离开吉娣，“不过，你一定要尽量拿出勇气。我相信你亲爱的丈夫地下有知，也不愿你为他悲恸。”

Chapter 77

然而隔天，吉娣一大早起床，留字条告知桃乐蒂，她想出去办事。她搭缆车下山，走进拥挤的市街，路上汽车、人力车、轿子并行，欧洲人和中国人杂处。她来到大英铁行轮船公司办公室。最近一艘离港的轮船在两天之后出海，她下定决心，不计代价，非搭上这一班不可。职员告诉她，所有床位都客满了，她不依，要求见主任商量。她报上了自己的姓名，她和主任彼此认识。主任出来和她见面。他知道吉娣的处境。吉娣告知心意后，他请部下送一份乘客名单过来，以困惑的神态查看着名单。

“求求你尽力帮我。”她催促着。

“费恩夫人，全香港大概没有一个人不愿意为你全力以赴。”主任说。

他派一职员去询问。接着，他点头。

“我准备调动一两人。我知道你想回英国，我们应该能尽最大能力为你安排。我可以给你一间单人小房间。我想你希望能独处。”

她谢谢主任，神清气爽地离开。远走高飞，这是她唯一的念头。远走高飞！她发电报给父亲，告知了近日归乡行程。之前她已发过电报告知沃特过世的消息。随后，吉娣回陶恩森家，说明她已订妥回国船票。

“我们实在很舍不得你走，”善心夫人说，“不过，我能理解你想回家陪伴父母的心。”

回香港至今，吉娣一天拖过一天，不想回她和沃特住过的房子。她唯恐进房子会触景生情。但现在，她无从退避了。查理已经安排好出售家具的事，也找到愿意顶下房子的人，但她和沃特的衣物仍有待处理，因为前往湄潭府时几乎什么也没带走，家里更有一堆书、相片以及各式各样的杂物。吉娣对这一切冷淡视之，急着想和过去一刀两断，但她也明了，如果她把这些东西全送去拍卖，想必会引香港人非议，所以她只好请人打包后寄给她。因此，午餐后，她准备回那栋房子。桃乐蒂积极想协助，主动表示可以陪她去，但吉娣求她不要陪同。吉娣同意让桃乐蒂派两个小弟前去协助装箱。

前往湄潭府后，房子留给领班看管，为吉娣开门的人就是领班。进了这间住过两年的家，她认为自己像陌生人，感觉奇特。家里摆设整洁，一切都归定位，等着她使用，然而，尽管今天艳阳高照而温暖，幽静的房厅却有一股阴冷荒凉的气息。家具的陈设硬邦邦的，完全照规矩定位，空花瓶也闲置着。有一本书开着，面朝下，吉娣忘记是何时读过，如今依然面朝下趴着，仿佛整栋房子前一分钟才净空，而这一分钟漫漫无绝期，令人难以想象这里将来能回荡人声笑语。钢琴上开着狐步舞曲的乐谱，似乎等着人去弹奏，却让人隐隐觉得，指触琴键也弹不出声响。沃特的房间和他在的时候一样整齐。抽屉柜上面有两帧吉娣的大相片，一张是她穿着登场礼服的留影，另一张是婚纱照。

小弟从储藏室搬来几口大箱子，她站着看他们装箱。他们打包得整齐而快速。吉娣想着，利用这两天的时间，应该能轻松打包完毕。她不能让自己有空思考，她不准自己胡思乱想。忽然，她听见背后有脚步声，转身见到查理·陶恩森，她的心头倏然感受到寒意。

“你想干什么？”她问。

“方便进你的起居室吗？我有事想对你说。”

“我非常忙。”

“占用五分钟就好。”

她不多说，对小弟交代几句，请他们继续打包，然后带查理进入隔壁房间。她不坐下，以表示不留人的心意。她知道自己的脸色非常苍白，心跳如擂鼓，但她淡然面对他，目光散发敌意。

“找我有什么事？”

“我刚从桃乐蒂那里听说，你后天就走。她告诉我，你来这里打包东西，她叫我打电话来问你需不需要帮忙。”

“我很感激你，但我自己就能妥善处理了。”

“我想也是。这不是我的来意。我来是想问你，你突然想走，是不是和昨天的事有关？”

“你和桃乐蒂非常照顾我。我不愿你们以为我见你们心地好，就占你们便宜。”

“这样回答太拐弯抹角了。”

“关你什么事？”

“关系可大着呢。我希望你不是因我言行失当，所以才想走。”

她站在桌边，低着头，视线落在《素描》画报上，过期几个月了。在摊牌之夜，沃特一直定睛注视的就是这一份刊物，而如今，沃特他……她抬起头。

“我觉得被彻底降级了。你不可能比我更鄙视我自己。”

“可是，我不鄙视你啊。我昨天说的话字字真心。这样说走就走，有什么好处呢？为什么不能交个朋友呢？我不懂。你认为我亏待你，我不喜欢你那样想。”

“你为什么不能放过我？”

“可恶，我又伤不了你。你的看法太不合理了，太病态了。我还以为，昨天的事发生之后，你对我的态度会温和一点。再怎么说，我们只不过是有血有肉的人类。”

“我不觉得自己是人。我觉得自己像畜牲，像猪、兔子，或狗。唉，我不怪你，我昨天的行为和你一样糟糕。我对你让步，是因为我要你。但是，昨天的我不是真正的我。我才不是那个满肚子仇恨、兽性、肉欲的女人。我跟她断绝关系了。你的妻子对我那么亲切，言语难形容的亲切，而我丈夫尸骨未寒，躺着对你娇喘的人不是我，只是我内心的一头畜牲，像恶灵一样黑暗恐怖，所以我和它断绝关系，痛恨鄙视它。从那一刻起，我一想起它，我就反胃想吐。”

他稍稍皱眉，急促冷笑一阵。

“我这人嘛，胸襟蛮宽广的，不过呢，有时候你讲的东西吓得我魂飞魄散。”

“吓到你，是我不对。你最好赶快走。你是一个微不足道的小人，认真跟你谈事情的我是傻瓜。”

他一时没回应。吉娣从他的蓝眼珠里看出一丝愤怒。等到他终于能送走她，本着圆滑、客套的态度，他必定会沉沉叹一口气，如释重负。她莞尔想着，双方秉持礼貌握手道别时，他祝她一路顺风，她感谢他待客的热忱。但她这时见他表情生变。

“桃乐蒂告诉我，你怀孕了。”他说。

她意识到自己脸红，但她不准自己做出任何举动。

“对。”

“该不会是我的种吧？”

“不是不是，是沃特的骨肉。”

她回答时免不了强调，但话没说完，她已经明了，这种语气显示自己半信半疑。

“你确定？”这时他露出坏坏的奸笑，“再怎么说，你和沃特结婚两年，肚皮始终没动静。屈指算算，日期似乎和我们吻合。我认为，这孩子比较可能是我的种。”

“我宁愿杀掉自己，也不愿怀你的骨肉。”

“好了啦，别讲气话了，我欣慰又骄傲得不得了。我希望是个女娃，你知道吧。我和桃乐蒂生的全是儿子。是谁播的种，你不会再猜太久了。告诉你，我的三个儿子长得和我一模一样。”

他已经恢复原有的好性情，吉娣知道为什么。如果孩子果真是他的骨肉，就算她可能一辈子避见他，她也无法完全逃脱他的阴影。他依旧能对她伸出魔掌，散发无形但确切的影响力，左右她的日日夜夜。

“在我这辈子不幸遇到的混账当中，你真的是最虚荣、最无脑的一个。”

Chapter 78

汽轮航进地中海的马赛港之际，吉娣望向阳光照耀的海岸，见到曲折美丽的轮廓，忽然看见金圣母像矗立在大教堂上，保佑航海人平安。她记得湄潭府修女院的修女们和祖国永别时，看着圣母像渐行渐远，缩小到只剩蓝天中的一小团金火，她们跪在船上，借着祈祷，以舒缓离别的心痛。她双手交握着，祈求着她不知名的神力。

在漫长、宁静的航程中，她反复忆起降临在她身上的那件惨事。她无法理解，事情来得太突然了。那天，她到底中了什么邪，为何一面全心鄙视着查理，却又同时激情臣服在他的邪恶拥抱里？怒火充满胸中，自厌的感觉攻心。她觉得，她永远无法淡忘这份羞辱。她哭泣着。但随着香港渐渐远去，她发现，不知何故，憎恨感越来越活跃不起来了。在香港发生的事似乎发生在另一时空。她就像忽然精神失常的人，在恢复正常时，对病发时的丑陋言行略有印象，因而心慌羞愧。但由于这人知道当时身不由己，他认为——至少以他的自我观感而言——他能纵容自己。吉娣的想法是，也许宽大为怀的人能同情她，而不会谴责她。但她继而一想，又叹气了：她的自信被摧毁得七零八落。原本人生道路平直伸展在她眼前，如今她看见，路变得百转千回，坑坑洞洞等着她误踩。印度洋的辽阔，夕阳的凄美，休养她的身心。她似乎被抬向乡间，置身自由环境，渴望能自主。如果她仅能靠激烈冲突来收复自尊自重，那么，她只好鼓足勇气应战。

未来寂寞而艰辛。船进埃及塞德港时，她接到母亲回应电报的信。这封信冗长，字体大而华丽，是母亲童年时代女生学习的写法，花哨的笔画太中规中矩了，反而给人一种缺乏诚意的印象。母亲对沃特之死感到遗憾，对女儿的丧夫之恸适切表达同情。她担心沃特留给吉娣的财产不够用，但她认为殖民部会发放补助金给吉娣。她欣然得知吉娣即将返乡，当然可以回老家和父母同住到婴儿出生为止。信里接着叮嘱吉娣必须遵守的孕妇守则，也告知妹妹朵莉丝闭关待产的各种细节，包括朵莉丝的儿子体重多少。他的祖父说他从没见过这么可爱的小孩。朵莉丝又怀孕了，他们希望再生一个儿子，以确保准男爵的位子有人继承。

吉娣发现，母亲这封信的重点在于界定女儿投靠父母的时限。母亲家计不宽裕，无意承接寡妇女儿的累赘。吉娣回想母亲以前多么崇拜她，现在竟对她失望，只觉得她是个麻烦人物。亲子关系的演变多么耐人寻味啊！小时候，父母溺爱他们，见小孩生小病就忧心忡忡，而小孩也紧抱着亲情，敬爱他们。几年后，小孩长大，更能让他们快乐的人已不是父母，冷淡取代了童年那份盲目、本能的亲情。亲子重逢的时光成了沉闷与烦躁的渊源。曾几何时，亲子分离一个月就魂不守舍，现在却能平心期待几年不相见的未来。吉娣的母亲不需担心：吉娣会尽快另找地方筑巢。吉娣只需要一点时间，目前她的前景混沌，无法憧憬未来，说不定她会难产而死，一了百了。

船进港后，她收到两封信，居然能认得父亲的笔迹：她不记得父亲曾写信给她。父亲不赘言，开头写道：亲爱的吉娣。他告诉她，他代她母亲执笔，因为她母亲身体欠安，住进疗养院接受手术。他叫吉娣勿惊慌，继续走海路返乡，因为陆路的车资较高昂。而因为母亲不在家，吉娣回哈陵顿园路上的家里住不太方便。另一封来自妹妹朵莉丝，开头敬语是“亲爱的吉娣”，并非姊妹特别亲，而是因为朵莉丝习惯对她认识的所有人使用这种敬语。

亲爱的吉娣：

我想父亲已写信给你。母亲即将动手术。据说她已经病了一年，不过你知道她讨厌看医生，自己买了五花八门的成药服用。我不太知道她生什么病，因为她坚持保密，别人一问她，她就大发脾气。她最近气色很糟。我建议你在马赛下船，找最快的陆路到多佛海峡，尽快赶回国。她表面上装得没什么大不了，不希望你在她出院回家前先到家。她叫医生向她保证一个星期就能出院。我非常遗憾沃特过世了。你的日子一定非常苦，可怜的亲爱的吉娣，我多么迫切想见见你。我们姊妹俩居然同时怀孕了，多好笑。我们可以互相牵手加油。献上最深的亲情。

朵莉丝

吉娣陷入沉思，在甲板上站了一会儿。她无法想象母亲生病。她只记得母亲活跃、果决的模样。别人生病时，母亲总显得缺乏耐心。接着，一名侍者送电报给她：

深感遗憾通知，你母亲于今晨过世。父字。

Chapter 79

吉娣回到家中，按铃，得知父亲在书房，于是她过去轻轻开书房门：父亲坐在壁炉边，正在阅读晚报的最新版。见女儿进门，他抬头，放下报纸，紧张地跳起来。

“哦，吉娣，我以为你会搭晚一点的火车。”

“我不想麻烦你来车站接我，所以电报里未告知抵达时刻。”

他做出吉娣从小熟悉的举动，献上脸颊让女儿亲亲。

“我正在看报纸，”他说，“这两天一直没空看。”

她看得出，父亲觉得做日常琐事必须附带说明。

“当然，”她说，“你一定累坏了。母亲过世，对你的打击一定很大。”

他比她上次见面时更老更瘦，现在是个举止一丝不苟的干瘪小老头。

“医生说她根本无可救药。她身体不舒服已经一年多了，不过她拒绝看医生。医生告诉我，她一定是时时刻刻在忍痛。医生说她能忍到这种地步是奇迹。”

“她喊过痛吗？”

“她说她不太舒服。不过她从来没有喊过痛。”他停顿一下，看着吉娣，“你长途奔波回来，一定累了吧？”

“不太累。”

“你想不想上楼看她？”

“她回家了？”

“对，她已经从疗养院被运回来。”

“好，那我现在上楼。”

“要不要我陪你上去？”

父亲的语气有一丝异状，令她匆匆看他一眼。他的脸稍微偏离她的视线，他不想让女儿见到他的眼神。吉娣这几年锻炼出判读他人心思的特异功能，因为她和丈夫相处时，日复一日使尽所有感官，想从随口一句话或无心之举推敲沃特的心机。她立刻猜出父亲想隐瞒的内情。父亲内心的感受是如释重负，无限大的轻松，连他自己也惊骇不已。他辛苦了三十年，始终是个忠实的好丈夫，从不诋毁发妻，现在应该为她哀悼才对。他的一举一动总是遵守大家的期望。如果目光或细微的言行出纰漏，让外人得知他的感受有违恸失发妻的心情，他自己也会震惊。

“不用了，我自己去就可以。”吉娣说。

她上楼，进入母亲多年来的寝室。这一间布置花哨，大而冷，吉娣对墙上的大片桃花心木和仿马库斯·史东的雕刻记忆犹新。梳妆台上的东西全照母亲一生硬性规定的位置陈设。鲜花显得突兀，因为母亲如果在世，会嫌鲜花愚蠢、做作、不健康，禁止鲜花被捧进自己的卧房里。花香盖不过刚洗净的寝具散发的酸酸的霉味，吉娣记得这是母亲的房间特有的气息。

母亲躺在床上，双手交叉于胸前，模样温顺，而她生前最不耐烦的正是温顺的个性。她的脸颊因病痛而空虚，太阳穴塌陷，五官线条锐利，看起来俊美，甚至称得上威严。死神夺走了她刻薄的表情，仅留下形体的特征。她简直像罗马王后。吉娣觉得奇怪的是，在她见过的死人当中，唯有母亲的死相似乎保存生前的模样，仿佛生来就具有陶土心肠。吉娣没有悲恸的心里，因为母女之间存在太深的心结，吉娣心中毫无深切的亲情。回首儿时的小吉娣，她知道，她有今天，全靠母亲的熏陶调教。但当吉娣看到这位冷硬、支配欲强、雄心万丈的女人，见她静静躺着不动时，母亲卑劣的心愿全被死神葬送，这时微微的伤感渗进吉娣的心情。终其一生，母亲暗中谋划，钩心斗角，愿望全是低贱无价值的东西。吉娣心想，母亲在另一个世界反省这一生时，也许会既惊又愕。

朵莉丝进来。

“被我猜中你会搭这一班火车。我就知道我应该进来看一看。很可怕，对不对？可怜的母亲。”

朵莉丝号啕大哭，扑进吉娣的怀抱。吉娣亲着她。她知道母亲以前偏心，冷落了妹妹，只因妹妹长相平庸、个性沉闷，就对她凶巴巴。吉娣怀疑，妹妹的真心和哀伤的大动作之间是否有落差。但妹妹从小就感情丰富。吉娣但愿自己哭得出来，因为朵莉丝必定觉得这姐姐太铁石心肠。吉娣认为自己已历经太多风波，无法硬装哀伤。

“你想不想见父亲？”吉娣等妹妹情绪和缓才问。

朵莉丝擦着眼睛。吉娣注意到，怀孕的妹妹五官变得更平，一身黑的她看起来臃肿邋遢。

“我不想了，我只想继续哭。可怜的老爸，他把哀伤隐藏得很好。”

吉娣带妹妹出门，然后自己回去见父亲。他站在炉火前，把报纸折好，用意是希望吉娣知道他并没有反复读同一份报纸。

“我没有换上晚餐的服装，”他说，“我觉得没必要。”

Chapter 80

父女一同进晚餐。葛斯廷先生向吉娣详述了妻子病死的过程，也说朋友亲切慰问的来信（吊唁信在桌上堆积成几座小山，回信的重担令他叹息），向吉娣报告丧礼的规划。餐后，父女进入他的书房。全屋子只有这间有壁炉，他以机械的动作从壁炉架上拿起烟斗，正要添烟草，随即以疑问的目光望女儿一眼，把烟斗放下。

“你不是想抽烟吗？”她问。

“你母亲不太喜欢晚餐后嗅到烟斗味，所以我戒抽雪茄了。”

他的回答令吉娣心酸。六旬男人在自己的书房抽烟，竟然要犹豫一下，感觉太惨了。

“我喜欢烟斗味。”她微笑着说。

一抹淡淡的轻松在父亲脸上掠过，他重拾烟斗，点燃。父女分别在壁炉两旁坐下。他觉得有必要谈谈吉娣心头的烦恼。

“你母亲寄去塞德港的信，你大概收到了吧？可怜的沃特暴毙的消息传来，我俩都大感震惊。我觉得他是个很不错的人。”

吉娣不知如何回应。

“你母亲告诉我，你怀孕了。”

“是的。”

“预产期是什么时候？”

“大约四个月后。”

“对你来说一定是莫大的安慰。你非去见见朵莉丝的儿子不可。他是个可爱的小娃娃。”

父女交谈的语气疏远，甚至不及两个刚认识的陌生人，因为假使这两人真的素昧平生，他必定会因为她怀孕而好奇。无奈的是，父女共同的往事形同一道冷漠的墙。吉娣心知肚明，自己从未孝敬过父亲，所以无权赢得父亲的关爱。父亲在家地位渺小，母女从不把他当回事。只因薪水不够家人挥霍，这位做牛做马的男人就被看扁。父亲爱她是念及父女情，却被她视为理所当然，如今她发现父亲内心完全对她无感，她不禁震惊。她早就知道，母女三人全嫌他无趣，但她从未想到的是，父亲也同样觉得她们无趣。他的态度亲切含蓄如常，但她活用她在苦海里学习到的洞悉力，隐隐知道，尽管父亲可能死不承认，他其实在心底偷偷讨厌她这个女儿。

烟斗堵塞，他起身去找东西戳戳烟草，也许是借机掩饰紧张吧。

“你母亲希望你住一阵子，把小孩生下来，所以她把你的房间整理好了。”

“我知道。我向你保证，我不会太麻烦你。”

“快别这么说了。以你的处境，唯一能投靠的地方是父亲家，这是不言自明的道理。不过事实是，我刚获派巴哈马群岛首席大法官一职，我也接受了。”

“哇，父亲，我好高兴，我全心恭喜你。”

“消息来迟了，我来不及告诉你母亲，否则她会大为满意。”

造化弄人啊！葛斯廷夫人毕生奔走、钩心斗角、受尽羞辱，临死前却不知屡屡破灭的美梦终于成真了。

“我下月初出海。当然，这栋房子将托付给房屋中介，我的心愿原本是变卖所有家具。很遗憾我无法让你住这里，不过如果你喜欢这里的任何一件家具，我很乐意送给你，欢迎你搬去公寓。”

吉娣望着炉火，心跳加速。说也奇怪，她突然变得好紧张，但最后她还是强迫自己开口，语调轻颤。

“我可以跟你一起走吗，父亲？”

“你？哦，我亲爱的吉娣。”他的脸垮了。吉娣常听“脸垮”的说法，但总以为是比喻，这次是今生头一遭亲眼见到脸垮的动作。脸垮得明显，令她心惊：“可是，你所有朋友都在这里，朵莉丝也是。我认为你在伦敦租公寓住下，会比较快乐。我不太清楚你的处境，不过我非常乐意帮你垫房租。”

“我不愁没有生活费。”

“我去的是一个陌生的国度，对那边的情况一无所知。”

“我住惯了陌生环境。对我来说，伦敦已经没有意义了，我在这里没办法呼吸。”

父亲闭眼片刻，她还以为他想哭。他的表情是彻底的悲苦，吉娣见了揪心。她果然猜对了，丧妻的他心头一派轻松，终于有机会斩断往昔，怀抱自由和新希望，新生活等着他去开创。辛苦了几十年，他终于盼到了休息的契机，能憧憬欢乐的日子。她依稀见到了啃噬父亲三十年的心魔。最后，父亲睁开眼睛，拦不住脱口而出的叹息。

“当然，如果你想一起走，我非常乐意让你跟。”

太可悲了。父亲在内心挣扎才几秒，最后屈从于责任心。以简短几个字，他抛弃了所有希望。她从椅子上站起来，走向父亲，跪在他跟前，握住他的双手。

“父亲，除非你真的要我，否则我不想跟。你的自我牺牲够多了。如果你想独自赴任，你就去吧，完全不要把我考虑在内。”

他放开她的手，抚摸女儿的秀发。

“我当然希望你一起去，我亲爱的。再怎么说，我是你父亲，你是孤零零的寡妇。如果你想陪我，而我不要你，那我未免太不厚道了。”

“问题就在这里。我不想拿父女关系赖住你。你对我完全没有亏欠。”

“唉，我亲爱的孩子。”

“完全不亏欠，”她郑重重复道，“一想到我们从小对你需索无度却从不回报，我的心就往下沉。我们甚至不给你一点点温情。你的一生过得不是很快乐，我觉得遗憾。我以前亏欠你太多了，你能给我稍微补偿的机会吗？”

父亲微微皱眉。她的真情流露令他尴尬。

“我不懂你在说什么。我对你从来没怨言。”

“唉，父亲，我吃过太多苦了，我一直很不开心。我不再是两三年前离开时的吉娣。我现在虚弱到极点，但我不认为我仍是当年的那个恶女。你不能给我一个机会吗？这世上除了你，我没有别人了。不能让我尽力博得你的父爱吗？哦，父亲，我好寂寞、好凄惨。我多么想要你的父爱。”

她把脸压在父亲的膝盖上痛哭着，宛如心碎。

“唉，我的吉娣，我的小吉娣。”他喃喃说。

她抬头，双手环绕父亲的颈子。

“父亲啊，仁慈对待我吧。让我们彼此以仁慈心相待。”

他亲她的嘴唇，如同爱侣的动作，脸颊沾到她的泪。

“你当然能跟我一起走。”

“你要吗？你真的要我一起走？”

“对。”

“我太感激你了。”

“我亲爱的，快别对我讲这种话了，我觉得挺别扭的。”

他取出手帕，为女儿拭泪。他露出的微笑，是吉娣不曾在他脸上见过的。她再次振臂勾住他的颈。

“亲爱的父亲，我们的日子一定会过得很惬意的。我们一起生活会多么开心，说给你听，你也不会相信。”

“你没忘记你快生小孩了吧？”

“我庆幸我女儿能生在浪涛声中，生在宽广的蓝天下。”

“你已经能确认胎儿的性别了？”他嘟哝说，脸上是一本正经的浅笑。

“我想生女儿，因为我想教她不能踏上我走错的路。回想从前，我恨以前的我。话说回来，我当时根本没有走正路的机会。我想把女儿栽培成自立自强的自由人。我想辛苦拉拔女儿，以爱灌溉她，对她的期望不是盼她长大能挑逗男人心，让男人禁不住带她上床的欲望而情愿提供给她终身食宿。”

她觉得父亲怔住了。他从未听过女儿讲这种话，甚为震惊。

“父亲，让我把话讲白了，一次就好。我以前愚蠢、邪恶、值得憎恨。我受过严惩了。我决心拯救女儿，不让她重蹈覆辙。我期许她无所畏惧、心胸坦荡。我希望她成为独立自主的个体，不依赖他人，把命运掌握在自己手里。我也希望她本着自由人的态度面对人生，路走得比我顺。”

“哇，乖女儿，你的口气真像五十岁的人。你的人生才开始。你不应该灰心丧气。”

吉娣摇摇头，缓缓微笑。

“我才不会。我怀抱着希望和勇气。”

过往已然逝去，且让亡魂自我飘散吧。这态度会不会太冷血？她由衷希望自己学到了同情和慈善。她无法预料未来路上的福祸兴衰，但她内心感受到一股毅力，能秉持乐观轻盈的精神逆来顺受。倏然间，她不知为何，意识深渊里徐徐升起一缕往事：她和沃特前往瘟疫城的途中，某日清晨天色仍暗，他们即起轿动身，日出时分她想见——而非亲眼看见——一幅令人屏息的美景，内心的愁苦顿时获得片刻的纾解，人间的试练刹那间变得微不足道。旭日东升，驱散晨雾，她看见即将踏上的小径，延展至视野的极限，在稻田间蜿蜒，横越小河，钻进此起彼落的乡野。或许，她的缺点、她的愚行、她尝过的苦闷，不尽然全是毫无意义，只要她能遵循这条依稀能辨识的小径，不走亲切滑稽的瓦丁顿所言的那条通往虚无之道，而是追随院长与修女谦逊的步伐，踏上通往心宁之路。